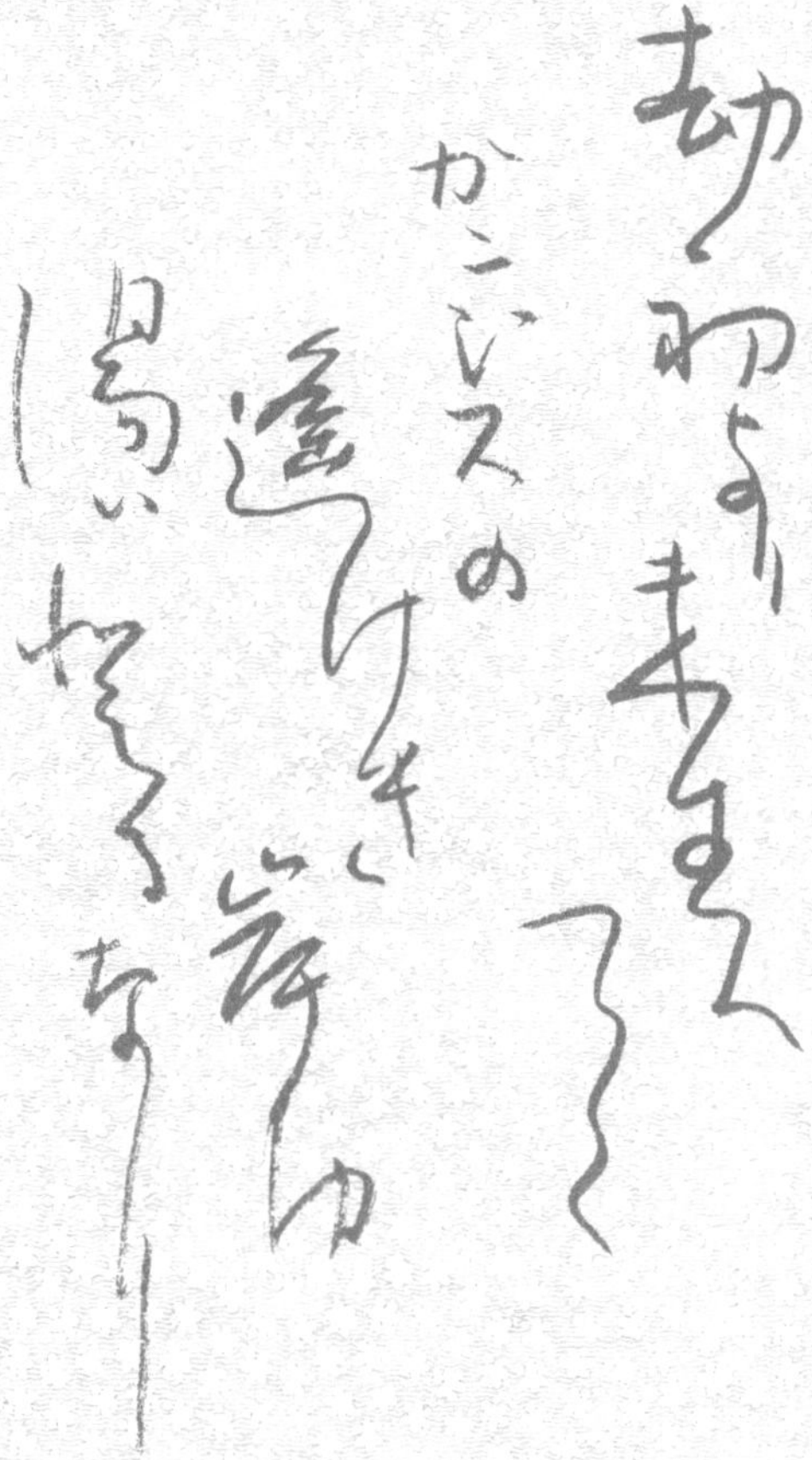

劫初より未生へつづくガンジスの遙けき岸ゆ陽はのぼるなり

劫初より未生へつづくガンジスの遙けき岸ゆ陽はのぼるなり

篆刻家　小田玉瑛自選歌集

遥けき岸

The Farthest Shore

Self-selected poetry collection

Oda Gyokuei (Tenkoku Artist)

光村推古書院

迦陵頻伽。妙音鳥ともいう。ヒマラヤまたは極楽にいるという伝説の鳥。
妙音を発し「若空無常我　常楽我浄」の意味を伝えるといい人面鳥身の姿で表される。
紀元前三世紀　マウリヤ朝時代　テラコッタ

序

中野清韻　酒井隆之

序

小田玉瑛 賛

その昔、季刊銀花というユニークな雑誌が出てゐた。その第五十一号に玉瑛さんの特集がくまれ、篆刻夢幻―小田玉瑛の印と題され、その頁は夢幻空華の朱文印一顆の姿と印影で占られゐて、大和古印風の刀刻のあと、印影の妖しきまでに美しい詩情たゆたふ姿であつた。

玉瑛さんは篆刻を本業とする人だが、芸文の域がすこぶる広い。幼にして篆隷の書に親しみ、二十代に入ると本格的に書・篆刻を学ぶ。昭和四十六年頃より、保田與重郎先生に師事し歌の教へを受けるようになる。歌は初め大学院在学中に教授のすゝめで、「花實」といふ歌誌に出詠してゐたといふ。しかしこの頃から保田先生へのあこがれが次第につのり、お會いする決意をかため、印稿数年の苦心の末、大和古印風の「與重郎印」一顆を刻し、鳴滝身余堂の先生の元を訪れる。かくて本格的に歌の道を歩くことになる。後年、先生は玉瑛女史は当節の衒ひも慣れもない書にすぐれ、なかなかの歌詠みと申された。

昭和五十二年の夏、風日・桃合同全国歌會が「奈良むさしの會館」で催された。この日の天賞に輝いたのは、小田寛子（玉瑛）さんの歌「耕して天に至るかこの国の美し稲(ね)続く山越えにけり」

であった。ネパールにての天に至る段々畠の雄大な姿、農耕文明の心術の美を眺感し乍ら山上を超えゆく風姿、誠に旅愁の人といふべきか。因みにこの歌は保田先生自ら筆をとつて、天賞受賞記念として高山泰岳翁作の抹茶碗に箱書をされた。

「行くものは逝きて返らず山峡の流れはひたに流るるばかり」

「草枕旅の終りは月山の麓となりぬ行雲あはれ」（姉、交通事故にて即死）

この二首對となる哀傷歌、行く雲は人の心に色々の思ひを感じさせて古来歌の深情をなしてきた。

「雲の峯いくつ崩れて月の山」と詠じた芭蕉の句が浮ぶ雲の崩れゆく様を思ふと幾つかの感慨があり、玉瑛さんもこの句に死と鎮魂をしみじみと思はれたのではなからうか。

行雲流水に諸行無常を観じ悲痛なる運命に涙を落されしならむ。玉瑛さんは昭和四十七年頃より造形芸術研究のため、インドをはじめシルクロード諸国を調査、以後シルクロード諸国の印章調査と蒐集に専念され、成果として『シルクロードの印章』『印章の道』等の著書がある。また平成九年より十八年迄「小田玉瑛塵々抄」なるカレンダーを作成し友人等に配布、月々の覧に自らの歌や俳句を筆写し印影が添へられてゐる。この遊び心が並のものではない。歌書篆刻三絶といふべきか。

国の内外を旅する玉瑛さんの行動力は警嘆に値する。まさに天成の旅人である。ところで最近玉瑛さんは芸域を広げ古琴の手習を始めたといふ。長年の夢だったらしく探し求めてゐた古琴の先生に偶然出逢ひ、丁度十年近くの介護を終へ自由の身になってゐたこともあつて決断したらしい。世に六十の手習といふが九十近くなつての手習とは驚きである。古来琴棋書画は文人のたしなみとされてきたことが念頭に去来したやうだ。

彼女は古琴の前に京都で一絃琴を習っていたらしい。それは白隠禅師が京の瓜生山の洞窟に一絃琴を弾く仙人を訪ねたことに興味を持ったといふ。古琴は高校生の頃に汨羅に投身された屈原の「楚辞」の「離騒」の詩を読み、この曲を弾きたい想ひに駆られたといふ。不思議な御縁で故胡蘭成先生所蔵のＣＤを胡先生から頂いたといふ玉瑛さんの友人からこの「離騒」の曲のＣＤを賜ったと嬉しそうに語られた。最近、歳の所為か曲譜が難しくてとても大変と。

目下は「子夜呉歌」を練習しているといふが、聴きたいと言つた人に「聴かせる為でなく己れの慰めとしての古琴であり、あちらの世界に住まふ恋しい人達に届ける奏だ」といふ返事。これもまた玉瑛さんらしい。

戊戌の晩夏、玉瑛さんの来訪ありて、護国神社の宮司の手配により雅談の一席がもうけられた。その折、古琴の名手浦上玉堂が話題になつた。玉堂は江戸在勤中に明の顧元昭作の名琴を入手、琴の裏面に「霊和玉堂清韻」と刻銘されゐて以後、玉堂と号した。玉瑛さんは文人早川幾忠氏に絵の手ほどきを受けて居り、奇僧の画家雲道人の絵への共感等小生との好みの傾向が似通つてゐるので、玉堂が大好き（図録書籍蒐集）だと聞いた時さもありなんととても嬉しかつた。しかも川端康成記念館蔵の国宝東雲篩雪図（玉堂作）を親しく川端邸で見たといふ。

玉堂は琴と詩書画へのあこがれが次第につのり遂に五十代頃に脱藩し古琴を背に京都を中心として十数年にわたり全国を遊歴し、東西南北之人といはれ終生自娯の世界に生きた。晩年の或年江戸から高山を経て金沢に入りここ寺島邸にて百日間滞在し古琴の傳授をしたといふ。戊戌の秋金沢で玉堂の古琴の記念行事が催され玉瑛さんも出席された。かなはぬ夢なれど玉瑛さんの和装弾琴の風姿を眺め低音旋律の調べを聞きたいものだ。

玉瑛さんは保田先生より「古今千遍和歌萬首」と書かれた美しい色紙をお受け取りになつた。「游刻八十年」の著書にこの色紙の写真がのせられてゐるが、和歌を詠むものの心掛けとして誠に大切な深意の言霊の風雅の道をしめされてゐる。

玉瑛さんは行動力抜群の人だがことのほか人々への思ひやりが深く、心優しき人である。前田行貴師への世話等の歌をよめば心づくしの深情が心奥に透る。面壁九年介護九年と軽くつぶやくが、行貴師への介護は並々ならぬ心労だつたと思はれる。「月よみの光を浴びて月見草師の墓前に咲きいでにけり」（玉瑛）黙々とインドにゆき寂かなる時に祈り、深々と師を偲ぶ歌の数々。

玉瑛さんは万里の道を行くことによつて、己の魂を太らせ、世の中の美しきもののすべてに感応し、古代の目を通じて現代の美神を見る。

昔日の歩み、今日の歩み、未来の歩み
玉瑛女史と人生の時を同じくせし今生の時の歩みを喜ぶ。

ここに一巻の歌集成る

天籟を聞かん哉

越の中つ国の住

中野清韻識

信楽焼　陽関の砂で馬上にて楽器を奏でる少女と少年　玉瑛作

玉瑛さんのこと

玉瑛さんの歌聲を幾度か聞いたことがある。

歌といつても所謂歌唱といふものではなく、何かを思ひだすやうにふと呟かれる幽かな小唄である。

薄い、透明な硝子の器が、ふと何かに誘はれて小さな音を奏でる、さういふ歌聲である。やがて陽の傾いた縁の片隅で、一心にお人形遊びをしてゐるおかつぱ髪の少女が、何気なく口遊んでゐる、ちひさな歌のやうだつた。

また、玉瑛さんの彫る小さな印が好きだ。現在の篆刻の世界では、ほとんどゐないといふ「大和古印風」の作である。山田寺佛頭のやうな日本人による大陸文化の美事なる昇華は字体にも及び、少し丸みを帯びたやさしい曲線は、篆刻玄人筋からは名作無しと言はれるらしい。

しかし、わが玉瑛女史は、古りし大和の文字に描くも懐かしい風韻を見出された。

十八歳で初めて印刀を持たれた時、玉台新詠や佐藤春夫「車塵集」の文言を一生懸命に彫られたといふ。

これは端(ただ)しく、浪曼主義の王道であり、女史の素心はおのづから日本の古雅に魅かれていつたのだらう。

学生時分から文人保田與重郎に私淑され、やがて師事するやうになり、「風日」で歌作に努められるやうになつてすでに五十余年であられる。

保田與重郎先生は四十年前、玉瑛さんの初めての著書『小田玉瑛印譜集』の序文で、「つつましく小さい、印などを一見して、すべて爽かで美しいものを感じた。それが昔の気分の感じだつた」と誌された。そして、「少女不言花不語」といふ詩句を「ふつと思ひ出」されたのである。

保田先生は修身としてのその詩句を語られたのではないだらう。山吹をそつと差し出した昔乙女のゆかしさを思はれてゐたことであらう。鯱張つた芸術家気取りとは無縁の、含羞のひと、人類の文化傳統と歴史の風景につつましく己をちひさくするひと、さういふ御仁として玉瑛さんを敬されたことと思ふ。

かつて玉瑛さんは「見る人の心にひそやかに語りかけ、問ひかけるやうな、そんな印が彫りたい」と誌されたことがある。

本著の所々に、玉瑛さんのそのやうな素心が映された歌が見える。小さな陶片や崩れかけた石佛、廃城の煉瓦に残された黒い米粒、砂漠に羊を追ふ少年、古寺の瓦に降る時雨の音、そのどれもが和(やさ)しく、柔らかな調べになつてゐる。

不思議な御方だと思ふ。大樹のやうに幾人かの師を仰ぎ慕ひ、その縁(えにし)の随喜のままに、自ら斎(いつ)き、自らを芽ぐませ、生長させ、開花された。円熟や遊鬼などといふゆきかたとはちがふ、日本の、アジアの、東洋の、慎ましく、それ故に常稚く、つね若(を)ち返る文藝文化のもう一つの傳統を、おのづからしめされてゐるのである。

それを「知之者不如好之者、好之者不如楽之者」とも、「般楽」とも言つてよいが、われらが玉瑛さんなら何といふことなく、「遊びをせんとや生れけむ」と、ちひさな節をつけて歌はれることだらう。

あの、愛らしい御聲で。

酒井隆之（短歌結社「風日」主幹）

目次

篆刻家　小田玉瑛自選歌集

遥かなる旅・世界

「遥かなる旅・世界」で詠まれた主な地域
カイバル峠
ガンダーラ
キルギス
天山南路
カシュガル
タクラマカン砂漠
フンザ
ラダック
クシナガル
ルンビニー
祇園精舎
ポタラ宮殿
カピラ城
ダージリン
ラホール
ハラッパー
ネパール
ブータン
ラジャスタン
ナーランダ/王舎城
バングラデシュ
インド
霊鷲山/竹林精舎
ミャンマー
ブッダガヤ
ジャイサルメール
ウダイプール
アジャンタ
カンチプラム
ロータル
スリランカ
スリーマハー菩提樹精舎
ガンガーラーマ寺院
モルディブ
コモリン岬
モンゴル
ウラジオストック
北朝鮮
韓国
石窟庵
海印寺
梵魚寺
日本
洛陽
麦積山
少林寺
西安
中国
上海
景徳鎮
西湖
台北博物館
台湾
ラオス
チェンライ
チェンマイ
タイ
フエ
ベトナム
アンコールワット
カンボジア
フィリピン
ブルネイ
マレーシア
シンガポール
インドネシア
ボロブドゥール
バリ島
東ティモール

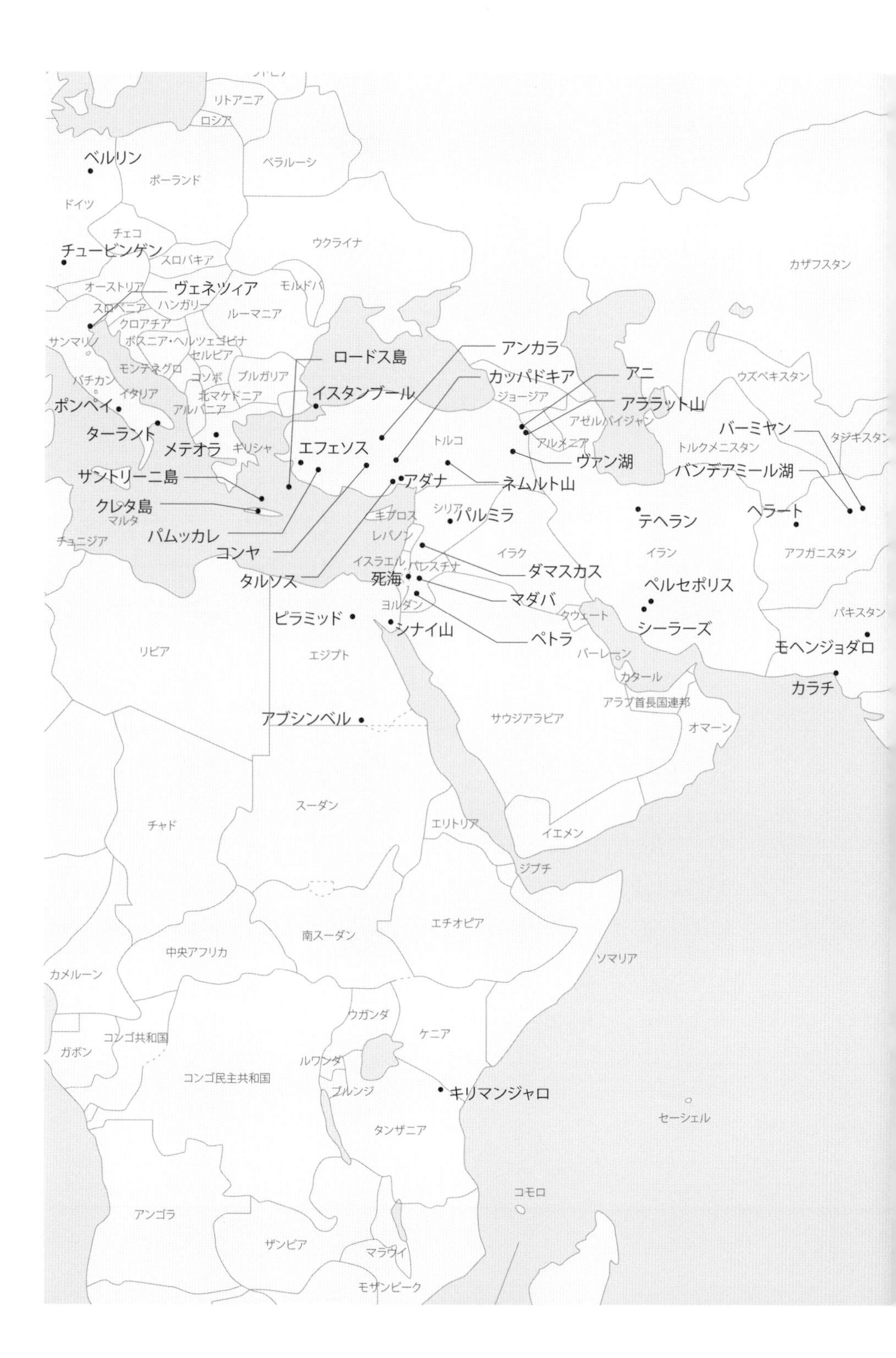

リトアニア
ロシア
ベルリン
ポーランド
ベラルーシ
ドイツ
チェコ
ウクライナ
チュービンゲン
スロバキア
カザフスタン
オーストリア
ヴェネツィア
モルドバ
スロベニア
ハンガリー
ルーマニア
クロアチア
サンマリノ
ボスニア・ヘルツェゴビナ
セルビア
アンカラ
ロードス島
モンテネグロ
バチカン
コソボ
ブルガリア
カッパドキア
アニ
ウズベキスタン
イタリア
北マケドニア
イスタンブール
ジョージア
ポンペイ
アルバニア
アララット山
アゼルバイジャン
バーミヤン
タジキスタン
ターラント
トルコ
アルメニア
メテオラ
ギリシャ
エフェソス
トルクメニスタン
ヴァン湖
サントリーニ島
アダナ
ネムルト山
バンデアミール湖
クレタ島
マルタ
シリア
パルミラ
テヘラン
ヘラート
キプロス
パムッカレ
レバノン
チュニジア
イラク
イラン
アフガニスタン
コンヤ
イスラエル
ダマスカス
タルソス
死海
パレスチナ
ペルセポリス
マダバ
ヨルダン
パキスタン
ピラミッド
クウェート
シーラーズ
シナイ山
ペトラ
モヘンジョダロ
リビア
エジプト
バーレーン
カタール
カラチ
アラブ首長国連邦
アブシンベル
サウジアラビア
オマーン
スーダン
チャド
エリトリア
イエメン
ジブチ
エチオピア
南スーダン
中央アフリカ
ソマリア
カメルーン
ウガンダ
ケニア
コンゴ共和国
ガボン
ルワンダ
コンゴ民主共和国
キリマンジャロ
ブルンジ
セーシェル
タンザニア
コモロ
アンゴラ
ザンビア
マラウイ
モザンビーク

西安

雁塔の上に登りて道白く一筋の道続くなり蜿蜿と

ユーカリの並木の続く西安の街過ぎバスに揺られゆく西へ

果てもなく続く砂漠の彼方には夕映え美（うま）し月牙泉みゆ

天山の雪山のぞむ砂漠原薄紅色のタマリスク咲く

旅

古文

タクラマカン砂漠で求道の僧を偲ぶ

み旅寝の流砂を照してあますなき十三夜月いま登りゆく

少林寺・達磨寺

向つ峯（を）に面壁九年の洞のぞむ一千年余の雲流れをり

江越えて禅を伝へし天竺の達磨の寺の大きしづもり

求むれど「不可得」武帝と大師の会話尊し

世間虚仮

聖徳太子語　篆書

二祖慧可の師に差出せし腕(かひな)片方(ひとつ)面影に佇つ山を仰ぎぬ

麦積山

仰ぎ見る摩崖の佛の迫りきてはつかに残る足許の朱

一筋の夕明りしてしづかなる北魏佛の眉の寂しき

文革の嵐の中を残されしみ佛の像見れば尊し

天山南路。ホータンの河。玉は皇帝にのみ使用された高価貴重なる石

たぎつ瀬の水の冷たき河に入り夢の白玉探す一時

拾ひたる夢の白玉掌の上にぬれ色透きて光かがよふ

いにしへゆ斯く拾ひしか手にあまる透ける白玉まじまじと見つ

景徳鎮

颪と雨引連れ来る景徳鎮古窯の街にしとど雨降る

タクラマカン砂漠

石柱の大門くぐり坂道はドシャブリの雨下駄を濡らして

白の色きは立つ白磁の土こねて印章彫りぬ雨音きゝつ

陶社より眺む屋並みの古瓦寂び寂びとして雨降りつづく

上海より特急列車に乗車

長沙とふ駅過ぎゆきて胸滾(たぎ)る汨羅への道近からむとや

三昧・サマディ……………サンスクリット語　デーヴァーナーガリー文字

屈原は戦国時代楚の国の詩人。懐王に仕えたが、王は秦に囚われ客死し、襄王の代となり屈原は郢都を放逐され憂憤の果に汨（べき）羅（ら）に身を投じた。彼の作「離騒」は抒情性の点で古代文学上匹敵する作はないといわれている。因みに日本の五月に「ちまき」を喰べる風習は、屈原の忌日が五月五日であり、その娘が屈原を弔う為に餅を汨羅に投じたという謂れからである。なお横山大観作の屈原の絵は切手にもなった。

屈原の「離騒」ひもとき汨羅へのあくがれ追ひぬわれ若かりし

飄々と風吹く中を志士衣なびかせ佇つや屈原の絵は（横山大観作）

以和為貴

聖徳太子語　篆書

洛陽・白馬寺・中国最初の寺・七十五年後漢明帝建立

凛として庭に佇つなり白馬像降りくる雨のしづかなるかな

天竺よりの経文は白馬に乗せて運ばれた

洛陽の西なる寺の白馬寺に経文届く喜びの声

胡国よりタクラマカンの砂漠越え藍の彩陶鮮やけきかな

青藍はこよなく人を癒やす色わが掌の染付の盃

西湖

さやさやと雪降る西湖の畔にて唐詩吟じる師のらうらうと

古琴の祖、心越禅師の寺・永福寺再建十五周年記念

遠つ世の聖(ひじり)の跡を訪ねきつ茶畑の碧続く山道

幾曲り石段登る右左さやさや揺らぐ紫竹黒竹

耳すます颪のさやぎに七絃の琴の音かすかに聴こゆあかとき

胡蘭成師所蔵品「離騒」を友人宮下周平氏より贈られる

屈原の「離騒」は大人の形見とて贈られにけり古琴ＣＤ

胡蘭成氏　第一回銀座小田玉瑛個展にて

篆刻の前にただずみしめやかに御批評たびし大人を偲びぬ

屈原の「離騒」慕ひて七絃の琴学ぶなり八十路を過ぎて

たもとほる西泠印社の石段に歴日思ふ一段ごとに

西泠印社は明治後期に長尾雨山始め多くの日本の文人達が交流した書画・篆刻の結社で現在もこの交流が続いている。

韓国

不易流行　……　篆書

海印寺

八万の大蔵経を拝すとてはるばると来し海印寺の蔵へ

高麗の千年を経し版木にふれて指先（おゆび）のふるへとまらず

経蔵は版木あらはに納められあはひを風の渡りゐるらし

秀吉も攻めざりしとふ海印寺風さやかなり山深うして

台湾

伽耶山の麓に流る細川のせゝらぎ澄みて夏を告ぐるも

梵魚寺

山門の扁額の文字大らかな唐風にしてほれぼれと見つ

風鐸にさがれる小魚がたてる音ひとしき聴けばしぐれ降くる

石窟庵。薄暗い円い庵のただ内に坐(おは)すみ佛を巡り拝した。

師の君も拝みまししか石窟の庵のみ佛なつかしきかな

春夏秋冬

西夏文字

台北博物館

たくみなる翡翠の白菜名もなしに作りし人の技のゆかしき

この国に集まれる物豊かにてひがな一日を館に過せり

蔡焜燦師。台湾歌壇五十周年を祝して

いくとせを続け給ひし言霊の道やかしこし尊かりけり

寿(ことほぎ)の言の葉贈らむ異つ国に言霊の道弘め給ひし

ロシア

前田行貴著・インド『佛跡巡禮』中国版を依頼され出版されたが、前田行貴師逝去の後、小田玉瑛に再版のあとがきが依頼された。台北の十方禪林基金會刊

『佛跡巡禮』の再版またず往かれけるみ跡を継ぐにわれおぼつかな

釈首愚禅師

新竹の円形御堂に響く声世界平和を祈るご老師

ウラジオストック

鉛色の海と空なりウラジオの湾を望みて祖父をおもへり

サラスヴァティ神殿印 …… 青銅　十七〜十八世紀　インド

志たてゝ往きたるおほちちのわがむらぎもも太らしむべく

ウラジオのこの街の灯の一つ灯も縁のゆゑに恋しかりける

密航を果せしとふ祖父のあり時には騒ぐわが血汐かも

佛跡巡禮　ブッダガヤ

成道の菩提の樹々に風渡る色即是空空即是色

インド

ブッダガヤの佛足石採拓
軽やかに採拓の音こだましていつしか森は夕に入りゆく

釈尊成道の菩提樹
くに民の興亡のさま幾千年観つつしあらむ巨き菩提樹

佛陀伽耶の塔より仰ぐ星一つ生かされてゐるわれをかしこむ

ガンジス河
劫初より未生へつづくガンジスの遙けき岸ゆ陽はのぼるなり

天空に瞬く星とガンジスの河續く見ゆ輪廻転生

苦行林へ
遠のぞむ岸辺に人やく煙とも見えて流るるガンガ滔々

七月渇水期
足裏に踏む砂音の心地よき河広らなる恒河渡りぬ

ブッダガヤの堂塔をすべて寄贈した長者
マハンタの長者の眉の長くしていにしへ語る河渡りつつ

佛足石印 …… 真鍮　十七〜十九世紀　インド

蓮華八角形印

銅　十三世紀　インド

霊鷲山・釈尊説法ノ地

刻々と大日輪はいま昇る五山の峯は炎なしつつ

法螺の音は五山の山にこだまして高澄む音は天のはたてに

アショカ王が築いた石畳　紀元前三世紀

阿育王の築きし坂を降りくれば朝の光に石畳映ゆ

はぶ草の種を摘みつつ下る道幾千年の種ぞいとしき

平成七年十月インドは元旦

煌々と天のまほらにいます陽のいま翳りゆく皆既日蝕

鳥騒ぎけもの走れり日蝕のやみ刻々と増してゆくなり

光りの環徐々に増しきて大輪の光輝ふ朝となりたり

カピラ城（現在はネパール領）釈尊生誕地カピラヴァストゥ・釈尊生存中に焼失

穀倉の跡に残りしレンガより焼米の黒寂しく光る

Seal Collection 4

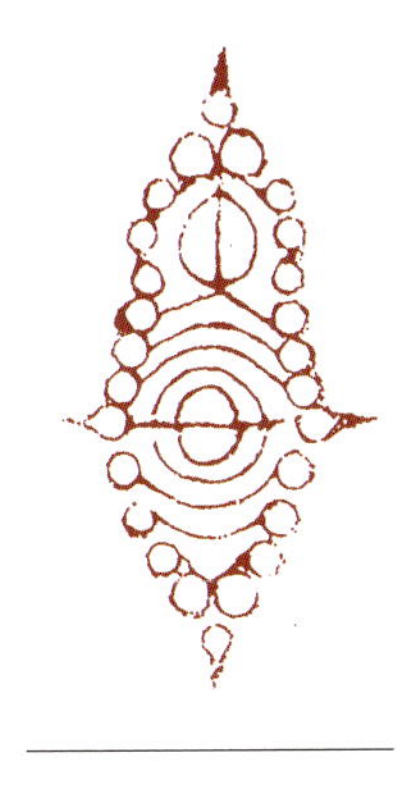

シャクティ神殿印……真鍮　十七〜十八世紀　インド

廃墟からは焼け残ったジャポニカ米の黒粒があり、またレンガの中にも黒い米粒が見える

祈りつつ一粒づつを拾ひたる二千年余の重さなりしも

かしこみて集めし黒き米わづかこの掌に愁ひつのりぬ

ナーランダ大学跡

広らなる堂塔伽藍あゆみゆく赤きレンガに夕影のして

ナーランダ出土の印のテラコッタ形保ちて美(は)しき色有り

くたびれて門をいづれば目の前にハイビスカスの花赤きかな

竹林精舎

竹林の葉ずれの音のさはさはと風吹き渡る夕べとなりぬ

植物学者・前田行貴師がネパールより移植された

荒れ果てて絶へたる竹を植ゑましし人のゆかしく尊かりけり

祇園精舎

釈尊の為にマンゴー樹林を贈る

スダッタの長者の寄付の樹園なり面影立ちてそぞろ歩めり

ガンジス河

マントラの声を辿りて往きゆけば声すずやかな老僧の経

王舎城

バチャバチャとたはむれ遊ぶ幼らの豊かに湧けるラジギール温泉

目の見えぬ老女いたはり湯あみせる少女のサリー彩あざやけき

アショカ王当時の道

いにしへもかく往き交ひし石畳鉄の輪だちの跡あらはなり

空中を飛ぶハヌマン（猿）
銅　十七世紀　インド

クシナガル

右ひだり沙羅の林の鬱蒼と繁るを見つつ涅槃への道

見上ぐれば沙羅の梢に陽は透りしろく小さき花著けてをり

涅槃堂の前に植樹の沙羅二株梢しげりて丈伸びらかに

沙羅の樹が絶えたのを嘆いて前田行貴師が植えられた

法燈明自燈明と告らされし吉祥草に坐して仰げる

涅槃堂の前で　涅槃の折敷かれた芝草・吉祥草

ミナークシー女神印……銅　十七世紀　インド

ものなべて移ろふものと説きまししみ跡にきける風の音かな

コモリン岬・インド南端

コモリンの岬の果てにきらめきて初日出でたり年明けにけり

ヴィベカナンダロック・ヴィベカナンダ聖者窟

瞑想の聖の窟に詣でけるしづかなりけりわれも瞑想

ウダイプール　湖上の白亜の宮殿

をみならは色鮮やけるサリー着て布洗ひをり湖の岸辺に

ジャイサルメール・古城

いさぎよく殉死の道を選びたる幼な姫らの手型のあはれ

城壁にのこる手型のかなしさよ殉死の姫らの小さきものを

宮殿跡のダム十八世紀

みな底に蓮華文の石沈み車軸草藻のまとはるも見ゆ

ロータル博物館

はて遠きバーレーン島より運ばれし荷物の札か印章の見ゆ

ボタン型印章みつつ遙かなる交易しのぶペルシャへの道

夕づきて歩み疲れぬアカシアの大樹の影に牛と休めり

牛連れて農の帰りの親と子に影長く曳くいにしへの道

ラジャスタン

蜿々と沙漠のつづくひと筋の道の傍(かた)へはアカシアの花

もし地上に天国ありとせば　そはここなりここなりここなりや…………シャージャハーン語　アラビア文字

緑なき大地を山羊は背伸びしつつトゲある小枝食(は)みつるを見ゆ

残照に羊の群は染まりつつ鈴の音遠く砂原に消ゆ

この城に生(あ)れしみ姿壁画にぞ見つつしおぼゆおぎろなきかも

南印カンチプラム　ダルマ大師出生の城

間道(かんだう)の縞さまざまに織りなせる美(うま)し縞目をしみじみと見つ

日本に伝わる間道織りのルーツ

アショカ王石柱法勅文　中央・王……サンスクリット語　デヴァーナーガリー文字

アジャンタ

石柱が谺しあへる窟院の四方の壁画は諸佛諸菩薩

洞窟内の石柱が太鼓の役を果たす

彩色の壁画に残るみ佛も耳傾けておはしますがに

作佛の行は無心にみ佛を彫ること

「作佛の行」にこめらる石佛の鑿の跡こそ清々しけれ

タージマハル

月しろの淡き光に建つ廟は時をへだてていまに輝く

象玩の色さまざまに光り合ふ白亜の塔の満月の夜

白亜に対し王が黒亜のモスクを望んだがかなわず

暮れなづむモスクの塔の対岸に黒きモスクのなきが哀しゑ

ひるがへる赤青黄色鮮やけるサリーの並ぶ畦の華やか

うづ高く稲穂積まれて帰る道子等乗る牛車に夕映え美(うま)し

一日の仕事を終へし子等河に水牛洗ふいとほしみつつ

沙羅の葉を竹串にとぢ皿となる民のくらしの豊かなるさま

各家の壁に打ちつく牛糞の形さまざま夕陽さんさん

ダージリン

一瞬に雪山よぎり雪流る眼下におぼろ茶畑の見ゆ

牛歩遅々・牛歩漫々　中央の文字　牛・ゴーダマ
…………
サンスクリット語　デヴァーナーガリー文字と篆書

たえまなく雪流れゆく白雪の万年の山カンチェンジュンガ

スリランカ

スリーマハー菩提樹精舎
紀元前三世紀、インドのアショカ王は佛教伝道の為にマヘンドラ皇子、サンガミットラ皇女をスリランカへ派遣。その折ブッダガヤの釈尊成道の樹天竺菩提樹の苗の一鉢を釈尊のみ霊代として託された。その樹は小高い丘の上に植ゑられ周囲を黄金の柵をもって囲われた。その後大樹となって二千三百年の命脈を保ち未だ健在。佛像が未だ出現していない時より、この聖樹を佛としてあがめ礼拝して今日に至る。

金色の柵に囲まれ菩提樹は二千年余の風吹き渡る

Work 10

インドネシア

うつし絵の捧げ持ちたる菩提樹の小さき苗より光放てり

日本寺・施療院職業訓練所を前田行貴師寄付
コロンボの湖上に浮ぶ寺望み祈りて建てし人ぞこひしき

職業訓練所にて
ミシン踏む音も軽やかをみな等の小屋よりきこゆ華やげる声

ガンガーラーマ寺院の僧のマントラ
パーリ語の三帰依文を唱ふ声み堂の奥のみあかし揺れて

菩提樹葉花喰い鳥　日々是好日　シュバーラバ……サンスクリット語　デヴァーナーガリー文字

貝葉経
多羅椰子の葉にて刻られし経文のくるくる続く文字の美し

若い僧、力をかけて経文用になめす
椰子の葉を丸太にかけてなめす技まざまざと見き胸をどらせて

ボロブドゥール
廻廊の周囲の壁は浮彫りの長々続く佛伝図あり

バリ島・ラーマーヤナの踊り
カンタカの馬に乗りたる太子の図捧げし蓮の白の一輪

ベトナム

ケチャケチャと裸で踊る腰布は市松文様揺れる白黒

ヒンズーの神を祭れる庭前にラーマーヤナの踊り華やぐ

フエ・ベトナム最後のグエン王朝十八世紀ノ都

焼け残る古木に耳をそばだてゝ戦を偲ぶ王宮の庭

復興にいそしむ民のいきいきとみな不思議なる明るさのあり

萬物流轉 …… 楷書

タイ

フオン河の岬に佇ちて過ぎし日の戦争（いくさ）を思ふわれは旅人

チェンライ

望郷の心ひとつに山越えしみいくさの跡みれば哀しき

この河の上流（かみ）に戦のありときく祈りて渡る国境の橋

タイのスタッコ陶

象の背に荷を置き人の坐りゐて市に見付けし面白き壷

Work 12

太平洋

チェンマイ・サンカンペーン窯跡
いにしへゆ亡びし国のあはれにてこゝろ寂しく陶片拾ふ
み佛を描きし壷のベンチャロン赤黒緑色鮮やけき

フラメーンの広場の骨董店にて水滴を求め、故保田與重郎師に謹呈
ゆらゆらと互ひに寄せる口ばしの愛らしさまと師はのたまひぬ

鎮魂の譜　ラバウル・ガダルカナルの戦跡に詣でて
幾たりの血を流されし密林に魂安かれと地に伏すわれは
み骨さへままならざりし戦場(いくさば)の碑(いしぶみ)に捧ぐ一碗の茶
零戦の残骸今も野ざらしにエンジンの上に火焔樹の咲く
島掩ふ御魂はこの地の土となりやがて大樹となり給ふらむ
睡蓮の葉にたはむれる小魚たち戦の後の平和なる島

平和…………篆書
中央・梵字　周囲・平和（シャンティ）…………サンスクリット語　デーヴァーナーガリー文字

ラバウルの店の一隅にて見染めた法螺貝、海底に幾十年経たものか、その文様が殊に美しい。海底（うなぞこ）深く清き眠りに水漬いた屍、美しい貝となったものか。

だんだらの文様（もん）あざらかにあらはれてみ魂は貝となり給ふらむ

幾とせを海底深く沈まれし益荒男（ますらたけを）にいま花捧ぐ

魂しづめの歌

風に乗るしらべはやがて雲に乗り海原遠く流れゆきけり

ネパール

蓮華鈕宝塔印
……
鈕・青銅塗金、印面・鉄　十七〜十八世紀　ネパール

激戦の跡地に坐していとほしき人に捧ぐる魂しづめ歌

耕して天に至るかこの國の美し稲（うまね）續く山越えにけり

目玉寺のほとりに得てし瑪瑙印夕陽に映ゆる縞の妖しさ

ルンビニー・マヤ堂

朝もやの蒼く立籠むおんみ堂うちに光れるかそかなる灯や

チベット

絶ゆるなき法灯の灯ようつし世を照らす光とならまほしけれ

石柱の文字灼熱の陽に映えてアショカ王の詔勅佇てる

生誕地なれば租税を免除すの石にきざめるみことのりはも

ブラフミーの文字も古りたり氣負ひ来て採拓したるわれ若かりし

法螺貝文　シャンク …………………… ヤクの骨製・十九〜二十世紀　チベット

植物学者前田行貫師が植樹された

無憂樹の絶えしを嘆き植ゑまし〻人の願ひに花も付きけむ

御生誕のこの地に咲ける無憂樹のいよいよ赫く咲き出でにける

氣高くも白くヒマラヤ連なりて無憂樹の上に浮ぶたまゆら

チベット大蔵経を拝す。ポタラ宮殿

危ふげなきざはし登り幾百段宮殿奥に蔵経拝す

幾重にも美し布にて包まれし敬ひ出だすチベット大蔵経

河口慧海師の僧房跡

いにしへゆ聖住ひし跡に佇ちたかぶる心おさへがたきも

みさくればポタラ宮殿遠望み丘に祈りのタルチョはためく

タルチョは経文を書いた布の旗

ラマ寺の塔立ち並ぶ彼方らに落ちてゆくなり大き夕陽は

纏形鈕チベット文字印……鉄　十六～十七世紀　チベット

纏形鈕琴瑟相和印……鈕・銅・塗金、印面・鉄　十五～十六世紀　チベット

纏形雲文鈕文字角印……鈕・銅・塗金、印面・鉄　十五～十六世紀　チベット

馬の背に緋色の裳裾靡かせて馳くる娘あれよと草原に消ゆ

カイラサの山を仰ぎて祈りゆく五体投地のすさまじきかな

祭の日

神の山仰ぐ麓につどふ民祈りの文字のはためくタルチョ

ラダック

たちまちに集まる子供等その手にはアンモナイトの貝片ひかる

カンボジア

魚の鰭（ひれ）僅かに切れて石片は数億年の時を刻めり

億年の時をとぢ込め今にみるアンモナイトの小魚ふたつ

アンコール・ワット　クメール文化を訪ねて

スコールの過ぎゆくなべにくろぐろと影絵となりぬアンコールワット

蕭々と雨降る中をぬれそぼち幻に似る塔を眺めき

象頭蓮華文鈕双魚印……鈕・銅、印面・鉄　十七世紀　チベット

ミャンマー

参道はあなやひとゝき川となり遊ぶ子供の華やげる声

降り止まぬ雨の雫にぬれそぼつラーマ王子も泪の顔に

堂内の柱に残る筆の跡薄きがあはれ寛永の文字

森本太夫インドの祇園精舎と思ひ込み

金色のパゴダの先ははつかにて仄かに靄はしづみてゐたり

チベット　ポタラ宮殿

パキスタン

托鉢の鉢をかかへし少年の面おだやかに朝靄に消ゆ

市場にて求めし盆は漆黒の塗りの滑らかガルーダの光(かげ)

天山の山脈(なみ)の襞けざやけく翼の下にながめつゝ翔ぶ

中国よりパキスタン上空

カイバル峠

古への求道の聖越えましゝ峠に佇てばあはれ昂揚(たか)ぶる

紡錘型円筒印・動物文……銅　紀元前七〜五世紀　アケメネス朝　パキスタン

遠のぞむ山裾の道ほそぼそと聖歩みし道の尊し

カイバルの峠に佇てばアフガンの遠方(をち)さびて見ゆこゝろ寂しも

一時休戦

兵士らは国境みつゝ佇てるなりいくさ終れる後の夏空

クンジュラブ峠　海抜五千メートル

法顕も玄奘法師も越えましゝこの道険しおどろなるさま

とほき世の法師に倣(なら)ひわれもまた険しき道を歩みゆくなり

山脈は重畳として迫りくる仰ぐ高嶺に白雲流る

フンザ峠　パミールを越える

越えきたる熱砂の原の砂けむりタクラマカンのとほき風音

満載の荷物の端に子等寄りて帰りゆくなり砂漠の国へ

アフガン一時休戦

羊追ふる子等の姿の影ながく陽は滾り落つ砂漠の果てに……万葉仮名

ふりむきて手を振る子等のはなやぎの車の上のひかり眩しも

日の本の穴太(あのう)の技をみる如く石片積める壁うつくしき

タクト・バハイ

瞑想の部屋の土壁くづれ落ち眼をとぢて闇に聞く声

ガンダーラ・ラホール博物館

苦行なせし佛陀の像のおん顔は傾ける見ゆほそぼそとして

生と死の極みにませる苦行佛胸のあばらの骨いたましき

み佛の首(うなじ)少しく傾ける在すが哀し御像拝す

ラホール博物館の入口の鍵

ジャラジャラと腰の鍵束鳴らしつゝ封印しゆく習ひを現在(いま)に

封印の蝋の匂ひのたちこめる部屋の鍵にも印の捺されつ

唯佛是真……聖徳太子語　楷書

遠つ世のいまに伝ふる封印の蝋の赤きに浮びゐる文字

ガンダーラ　シルカップ　琵琶法師の祖・鳩那羅(くなら)

ガンダーラ地方のシルカップは紀元前二世紀、ギリシャ系のバクトリア王国によつて建設された古代都市である。

都市の南の山頂にアショカ王によつて建立された大佛塔と僧院が存在していた為にギリシヤ系の人々はそれをアクロポリスの丘としてこの麓に都市を建設した。

この大佛塔は鳩那羅大佛塔と称した。鳩那羅はアショカ王の王子で目が一際美しい美青年でこの地方の行政長官としてこの地に派遣されていた。

アショカ王には五人の妃がいて、その中の一人の王妃は鳩那羅に恋慕したが鳩那羅は相手にしなかつたので、恋に狂つた彼女は、王の名をもつて偽文書を作成し、王の熟睡中に玉

璽を押印して、謀反の疑いありと王子の両眼をくり抜いて送れと通達する。
この時王子は自らの両眼をくり抜き盲目者となって吟遊の琵琶法師となるのである。その詩は「涅槃経」の偈、「諸行無常是生滅法、生滅々已、寂滅為楽」であるが、これが即ち日本の「いろは匂へど散りぬるを我が世たれぞ常ならむ有為の奥山けふ越えて浅き夢見じ酔ひもせず」のいろは歌の原型である。

盲目の吟遊詩人となった鳩那羅が旅先で琴を弾いていたところ、王の耳に入り、王はそれがわが子であるのに驚く。わけを聞き王妃を斬殺しようとするが、鳩那羅は非暴力の教へを王に説き王妃を許すのである。

この後、王は鳩那羅の為にこの丘の山頂に佛塔を建立する。この建物がギリシャ系の人々をしてアクロポリスの丘として礼拝され受け継がれてゆくのである。

プリズム型両面印……青銅　紀元前五～六世紀　パキスタン

修羅の世に修羅のいにしへものがたりいのち尊くききまさりゐつ

盲目のくなら王子の吟じたる諸行無常の琵琶の音哀し

整然と碁盤のさまに街ありし偲べばとほき興亡の跡

まみ美し（うま）少年こゝに身罷りし墓標の文字のはかなかりけり
カシュガル（現在は中国）　大谷光瑞師の助手、少年の死を悼み、墓を建立した

ハミウリは美味しと老人声あげて客呼び止めしカシュガルの街

金銀の細工めざましこの町の職人の技術（わざ）見入る一時

朝まだき遺跡を巡り巡りゆくあな灼熱の昼となりたり

「死者の丘（モヘンジョダロ）」とふ跡に佇つ頭上にさんさん陽（ひ）炎のふりかゝる

瘤牛と絵文字（未解読文字）……テラコッタ　紀元前七〜五世紀　モヘンジョダロ・パキスタン

コブ牛の上に彫りたるインダスの文字の危しくしみじみと見つ

掌の上にステアタイトのユニコーン印章を見つ朝の光に

発掘の三葉文様身につけしヒゲの司祭は何思ふらむ

雨上り（ハラッパー）砂上に拾ふ欠けし壺文様の色沈みけるはや

Seal Collection 14

アフガニスタン

カラチ・パキスタン国立博物館

方形のステアタイトにテラコッタ未解読文字印まつぶさに見つ

コブ牛の上に彫りたる文字不思議首をかしげて魅入る一時

大き角持てるシバ神瞑想すヨガのルーツかこれも印章

カラチからアフガニスタンへの飛行機を待つ数日の間アラビア海にて遊ぶ

船唄の音も遠ざかりアラビアの海面（うなも）に青き蟹釣るわれは

佛塔形空中浮遊鳥印

青銅　十七～十八世紀　アフガニスタン

往く船の舟唄遠くとま船の端に蟹釣るアラビアの夏

砂漠にて

子羊が首に下げたる鈴の音も遠ざかりつゝ砂漠くれゆく

鼻少し欠けたる像の道祖神合はす両手（もろ）のさても愛らし

前田行貫師

刮目す日没前の結跏趺坐不動の影に掌を合はせけり

ブッダガヤ

機織り鳥は繁殖のたびに巣を新しくし、二度と同じ巣を使う事はない。形はさまざまだが、インドやパキスタンで樹に沢山ぶら下がっているのを持ち帰った。現在は持ち込み不能。

夕ぐれの空華やかに彩（いろ）ませば上（ほ）つ様に啼ける機織りの鳥

キャラバンサライは隊商宿

噎（む）せかへるキャラバンサライの奥深くペルシヤの壷の青き光よ

いつ果つる戦ひならむアフガンに購（あがな）ひたりし古印を見つつ

汗くさき羊の皮の匂ひたる店のケースに古印見つけぬ

鼻鈕肖生印・ラクダに乗る人物……銅　十七〜十八世紀　アフガニスタン

神々の座を示すとやころころと回しては押す印章の跡

片手挙げ二頭の馬を駆けらせる馭者印を見き胸躍らせて

掌にとりてまじまじと見つくろがねの両面印の重さたしかむ

羊追ふる子等の姿の影長く陽は滾（たぎ）り落つ砂漠の果てに

赤や黄のしるしをつけて売られゆく羊の鳴けるバザールの夕

旅にして戒厳令の敷かれたる不安も乗せてバス走りゆく

ヘラート

三千年の技を伝へしヘラートのグラスは薄く透ける藍色

ハッダ遺跡・アラブ侵攻にて首のみ破壊される

こぼたれしハッダの遺跡のおん像はみ佛の顔なきが哀しゑ

紡錐形　獅子とカモシカ動物印……薄紅色瑪瑙　紀元前二十五〜十八世紀

バーミヤンを望む丘のパオより大佛を拝する

遠つ世に玄奘法師も詣でましし大きみ佛仰ぎ見にけり

朝まだき大佛望む丘に佇ちまなく輝くみ顔拝せり

大輪のコスモスなびく丘の上パオより仰ぐみ佛二尊

朝まだき洞をのぞみて一瞬にみ顔に当る陽光(ひかり)まぶしも

三世諸佛

篆書

一筋の旭日(あさひ)の光まばゆくもみ顔を照し輝くを見つ

小佛のみ顔の上に登る。階段はなくすべりながら登った

砂の坂登りて頭上に仰ぎ見る色鮮ける諸佛諸菩薩

周囲の壁に身を寄せて眼下を遠望

みおろせば眼くらみてみ佛の頭上より望むオアシスの樹々

その後、バーミヤンの大佛破壊される

バーミヤンの佛を望むかの丘に咲きしコスモス秋深かゝらむ

大輪のコスモスなびくその丘にかの日かの時われ佇ちてをり

こぼたれて佛の像もなき丘にさやかなる月登りてやあらむ

ガンダーラ=パキスタン領・ハッダ=アフガニスタン領

ガンダーラ・ハッダ出土のみ佛のみ顔寂しくなつかしきかな

ストゥッコは強度のある漆喰

うつむきてみ嘆きの面ストゥッコのハッダの佛頭祖国荒れにし

イラン

茫々とものみな遠しわれこゝに彼の地の風と石の声きく

バンデアミール湖、バーミヤンから西へ数十キロ　世界七不思議の一つ

きらきらと水面は碧く輝きて突如あらはる砂漠のも中に

透きとほる碧玉の湖目の前に夢かとまがふ砂漠越え来て

テヘラン　骨董屋にて

購ひしブルーモスクの一片は群青(あを)の僅かに残るが侘し

鳥型鈕肖生印……銅　紀元前六〜五世紀　アケメネス朝　イラン

古更紗は錦織りとふ高価とて半分剪りて求めけらしな

マンゴーの文様の布六世紀とインド更紗に魅入る一時

シーラーズ　世界一のホテル

広大なホテルの庭に二塔なるブルーモスクの輝くも見つ

ペルセポリス・ダレイオス王

「王の道」駅に道路にキャラバンのサライもうけし偉大なる王

ダリウスの王も泊りし宿の前ペルセポリスの街広がりぬ

鳥・獣・彫像佇てるあはひ往き広き王都の夕べとなりぬ

きりぎしの奥に王墓のありといふ岩壁（いは）に残れる肖像（レリーフ）のあり

岩山を刻みし奥にみ墓ありと見上ぐる空は碧く澄みたり

ダレイオス大王墓、岩山数十メートル余を削りその奥に墓あり

王者の頭部と蛇鈕円形印 …………… クロライト　紀元前三〜二世紀　イラン

果てしなく続く砂漠に唯一墓キュロス大王の墓遠望す

四面四方の土壁の墓

肥沃なる三日月地帯まのあたり葦積む船の人の賑はひ

メソポタミア

文明の発祥地かやこの河畔（かは）に豊かに実る揺るる大麦

いにしへゆ文字なき民は粘土にてころがして押し絵文字描きぬ

シリア

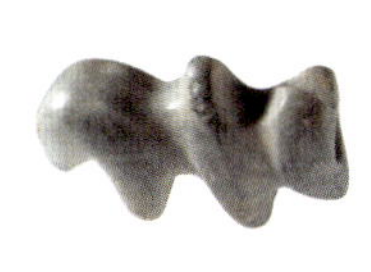

熊型護符スタンプ印……蛇文岩　紀元前三十五～三十三世紀　シリア

円筒印章の図柄
シュメールの牛と麦の穂刻まれし豊かな民の暮しまぶしも

野生の大麦、イラン・スーサにて発見
見渡せば大麦の畠続くなり丈低き麦風に揺られつ

ハンムラビ法典
いにしへゆ法のきまりのありといふ楔形文字みつゝ哀しゑ

パルミラ　二～三世紀に栄えたシリアの隊商都市
パルミラの砂を握ればさらさらとこの掌を傳ふ遠つ世の音

二世紀の栄華の跡をゆきめぐりわが影を曳くゆふべとなりぬ

三世紀、ローマとの戦いに破れてパルミラのゼノビア女王、ローマで死去
縛られし金の鎖はきらきらけく輝きにけむローマの町に

ダマスカス・バザール
かにかくに印章二つ己が掌にたかぶる心おさへつゝ出にけり

細長く続くスークの一隅にグラスは碧(あお)の光はなちて
一キロ余も続くスーク（商店街）

ヨルダン

三世紀　ササン朝のグラス
鶴首のローマングラスの下ざまはヒン曲りゐる碧の妖しさ

ペルシャ湾通して見ゆるバーレーンはわが憧れのいにしへの島

ペトラ遺跡　ナバティア王国（紀元前二世紀）
岩肌は赤・青・ピンクに白の縞だんだら文様色鮮らけし

二千年の民の往き来をまなうらに手触れつゝゆく岩山の道

塵

司馬遼太郎氏愛語　「人間は宇宙の塵である」

古文　篆書

地層には幾億年の時きざむ手触とぞ見むサンゴの化石

盛えた頃のエル・カズネ宮殿
暗き道抜けしと見たる目交に石柱立てり美し宮殿

死海
浮きしままわが肢伸ばし手に雑誌拡げて読めるこれぞ死海は

遙かにも来つるものかは海水に浮きしまゝなるわが身あやしき

Work 17

輪廻転生

モーゼ教会
国境を越えて流る～ヨルダンの川遠望す一筋の青
晴れた日はエルサレムさへ見ゆといふモーゼの丘に小手をかざせる
終焉の地に建つ十字の鉄柱はいともあやしく蛇をまとへる

輪廻轉生

三島由紀夫氏逝去の春、インド・ボンベイ（ムンバイ）にて前田行貴師と対談、「輪廻轉生」について教えて欲しいとの事で一晩中会話、最後に泪を流された

行書

マダバ・旧約聖書にも登場する古い町。ビザンチン時代繁栄したが、六一四年にペルシャに破れる
民族の興亡のあとまざまざとモザイク残るパレスチナの地図
紅海の港町ヨルダンのアカバにて
紀元前一千年のこは跡か打ち寄す波は変らぬものを
エジプトはこの果なりき果遠く沈む夕陽を泳ぎつつ見き

バーミヤン

イラク

ソロモンとシバの女王の物語海風すずしききつつ居れば

ユーフラテス河上流・古代ローマの橋

この河の流れの下（しも）に未だしも戦火はありと橋に佇む

文明の発祥地なりチグリスの河畔に拾ふ石の重さよ

水青くほそぼそ流るチグリスの上流にきて石を拾ひぬ

トルコ

つまみ鈕円型印・中央星型文……青銅・十六世紀　トルコ

アンカラ・ヒッタイト博物館　多くの古代印章に魅入る

惚れぼれと古代の印章見つめつゝ抑へがたなき胸のたかまり

目見寄せてケースの内の印章をまたたきもせで見入るひと時

針金もて表裏を見する工夫せし印章展示の面白さよな

印章の細い線を彫る刀は如何なるものか

いかにしてこの細き線彫りたるや問はましものをいにしへ人に

彫……篆書

ヘマタイト縞のメノウにクロライトさてもさまざま石の景色や

聖樹とてかの大杉にいにしへゆ祈る印章多きをおもふ

陽と月と星の下なる農耕の民の印多し古代のくらしよ

印章の絵葉書もなく図録なしわが胸底に刻まむとぞ思ふ

帰国後に

いと小さき印押すをりは息とめていとしみ手触るわれなくもがな

トルコ富士（アララット山）

雛芥子の真紅分けゆく風の果て雪をいただくトルコ富士見ゆ

群落の雛芥子の花分け入れば眼交（まなかひ）に揺る紅の幽けさ

紙よりも薄き花片散りもせで虞美人草の幽かなる揺れ

方舟　旧約聖書のノアの方舟は、アララット山中腹に漂着したという伝説がある

富士に似し天近き山アララット小富士従へ悠然と立つ

五一三七メートル

裾渡す虹もかゝりてその姿雲ゆくさまも富士に似しかも

アルメニア国境・案内人は銃を携帯。方舟らしき跡

方舟の下を羊の群なして白鮮らけく動くさま見ゆ

洪水は起るべくして起るやもこれの世紀も起り得るべし

上／樹形鈕楕円切子三面印……………アメジスト　十六世紀　トルコ
下／指輪用スタンプ形ウラルトゥ王胸像印………橄欖石　紀元前八〜七世紀　トルコ

アニ遺跡

深き河へだてし国は紀元前一世紀にはこゝも同国

ロシアとの国境

丘の上に銃持つ兵士佇つを見つ難民の群国境越えつ

川をへだてて見る遊牧民

川筋の細き対岸羊飼ふ人等数人語りゐる見ゆ

アルメニア建築様式

その昔の様式残すドーム壁高きレンガの赤美しき

ネムルト山
巨岩なる頭（かしら）をちこちころがりて栄華の跡を偲ぶ一時
アダナ考古学博物館
むざうさに壁に飾れる印章は数千年の時を刻めり
カッパドキア
ギョレメ谷見下す丘の上に立ち奇岩連なる町の不可思議
ニョキニョキと地面より出るキノコ形奇岩さまざま立ちつくすわれ

貘（悪夢を食べると云ふ）……古文

四世紀、イスラムの侵攻によりキリスト教徒がここに逃れ、洞窟を教会とする
天井は丸くドームの形して壁のフレスコ画色鮮やけき
パムッカレ温泉
格段の形さまざま流る湯の時には薄き青と変りぬ
石灰の棚の乳白夕ぐれて茜に染めて流れゆきけり
タルソス・港町
シーザーとクレオパトラが逢ひしとふ港の町に購ひし銀皿

不結同心人 …… 薛濤詩　篆書

購ひし青銅の盆重く抱えゆく道塩の香りす

イスタンブール・トプカピ宮殿

天井のドームの下のシャンデリア輪形に灯る炎妖しき

イスラムの壁画の上に塗り変へしキリストの像あやにさびしも

対岸のヨーロッパ側より見るトプカピ宮殿

ボスポラス海峡隔て陽の沈むブルーモスクの夕映え美し

ヴァン湖　沿岸には紀元前八六五年建国のウラルトゥ王国の首都があった

湖の畔に求めし縞メノウ押せば牛鳥二羽に星美しき

ヴァン湖の城滅亡

王国の盛えしとふ城みあげヴァン湖に沈む夕陽寂しく

アガサクリスティ　ペラパラスのホテルで

マルマラの海一望にのぞむ部屋アガサクリスティはこゝに住みゐし

エフェソス

残りたるクレオパトラの図書館の跡に咲きたる紅の芥子

ギリシャ

アスクリオン病院
肉体と心の二面治療せし古代の遺跡しみじみと見き

コンヤ
輪になって白衣の裾をひるがへし踊り狂へる舞の妖しさ

落日はギリシャの海へ落ちゆけりギリシャの海の島を映して

サントリーニ島　大噴火により島半分埋没し、ミノア文明崩壊
文明の海の藻屑となり果てし海を眺めつ海静かなり

魔法使いの老女と鸚鵡印 …… テラコッタ　紀元前三〜二世紀　アルメニア

青屋根と白壁の町坂の町ゆずり合ふ笑顔と笑顔

印章の発掘されしテラ遺跡遙かにのぞみ心滾つも

メテオラ修道院
網籠に僧を運びし修道院天に向ひて岩の尖塔

人こばみ断崖上に建てられし闇の祭壇にみあかし供ふ

僧運ぶ網籠小さく怖ろしき洞窟直下に霧の流るゝ

クレタ島

遠く来てフレスコの壁画魅入りけりいにしへ人の彩(いろ)の豊けさ

印章はケースに並び数千個いにしへ偲び胸たかまれり

ロードス島

エーゲ海色はなやぎて時の間を落ちし夕陽の今はさびしく

來

篆書

港湾の門柱に立つ夫婦鹿夕陽に映えて揺らぐ海面に

スイス

ジュネーブ

フランス・ドイツ・イタリー語言葉とび交ふジュネーブの町

これの世の名残りにと乗る列車山幾曲りせしあな美しき

ドイツ

ベルリン

ベルリンの空港の子ら下駄ばきのわが足許を珍らかに見る

一即六六即一

篆書

鷗外記念館　抹茶と聞香のデモンストレーションを催行

菩提樹の並木繁りて東西の壁もむかしとなりにけるはや

鷗外の住みし館に聞香の點前に瞠(みは)る青き眼の人

館長

三枚の畳を敷きし守り人床しかりけるウエーバー女史

書軸に二世蘭台師の印あり

記念館に見出だせし師の落款異国にして懐しかりき

ペルガモン博物館

数十年夢にまで見しあくがれのペルガモン博物館いままのあたり

トルコにて見しペルガモン神殿

その昔トルコに建ちゐしペルガモン神殿そのまゝ移築せしとふ

数多あるケースつぶさに歩を運ぶ円筒印章かがやくなかを

大学都市・チュービンゲン

聞香と抹茶のデモに学生等眼みはりてわか手みつむる

フランス

ヘーゲルもヘッセも飲みしテーブルに我もワインを飲み乾したりな

ヘルダーリンが幽閉された塔
ネッカーの河畔にたちし一つ塔まうら寂しく水に映れる

パリ　カフェにて
もてあそぶ銀の小匙にふとうつるパリのマロニエ花のゆらめき

この街に降るアカシアの花繁くあわあわとして夢の如しも

空

古文

さまざまの想ひを乗せて流れゆく夜のセーヌのあはれ川面は

リヨン
あざやかな真赤の列車リヨン行夢にまで見し織物の街

トゥールーズ・ロートレック美術館　アルビの街は世界遺産
見渡しの赤きレンガの家並みの静けきアルビの街に来にけり

ロートレック美術館長、日本の書家合同展に独り篆刻出品す
黒き髪黒き眸をもつ小柄なる女史とつとつ語る日の本の書

イタリア

カタルニア人の民族独立運動
大広場埋めつくせる旗の波群れゆく中にわれも交りつ

アルタミラへの道
種は家畜用
ピレネーの山脈遠くのぞみゆく街道沿ひはひまわりの黄

をちこちに列柱続く道行きて夕茜する地上はローマ

いにしへのアッピア街道ゆきゆきて道端に呑む水の冷たき

装飾用槍と盾を持つ戦士楕円印
黒瑪瑙　紀元前二〜一世紀　ローマ・イタリア

ターラント国立考古学博物館
やうやくにターラント着く疲れたる眼にあざやける印章一つ

ポンペイ
むつましくつどへるランチの団欒の跡むなしくてひたに哀しき

浴槽の壁に残れるフレスコ画赫のあざやか哀しみさそふ

ヴェネツィア
下駄ばきの鼻緒ぬらして刻々と水迫りくるサンマルコ広場

バーミヤン　仏龕上部にて

Work 24

イギリス

ゴンドラのゆき交ふ運河夕暮れて声の愛しきカンツオーネ聴く

ロンドン

開館の九時を合図に入りてよりはや夕づく頃となりにけらしも

印章の展示のしかたの見事さに感心の一刻

古代より集めし物のおぎろなしいにしへ人の技術（わざ）の豊かさ

バーナード・リーチ窯　セントアイヴス

汗かきてやうやく坂道登りたり窯場に作品なきが寂しく

ドナルド・キーン氏　浄瑠璃講演会・ロンドン大学ライブラリーにて弘知法印御伝記を上演

館内は人で溢れぬ文楽の音色哀しく響き渡りぬ

ロンドン郊外の三輪精舎主、佐藤顕明氏邸の庭は龍安寺庭の模作

ときめきて五十年ぶりに逢ひし人着物姿の懐かしきかな

幕末に長州・徳山・土佐・佐賀の有能な藩士が英国に尚学し学んだ。ロンドン郊外のブルックウッド墓地に四藩士の墓及び記念碑がある。国境を越えて墓や碑の建立に尽力されたのはウィリアム氏であり、またロンドン在住の佐藤顕明氏と佐賀・正行寺の竹原智明住職である。

志たてゝ来りし幕末の若人の碑仰ぎ見るなり

見聞触知、近皆菩提

開経偈　篆書

スペイン

若人らを教え導き育てましゝウイリアム師の墓のしづもり

石の碑の彫りも古りたる薄き文字指にてあとを暫しなぞるも

ガウディ建築

鐘楼に登りて下る巻貝のラセン階段あなおそろしき

ビルバオ

ゲルニカの絵をば見つめる老人の面のけはしく夕ぐれ迫る

環

篆書

ポルトガル

天正少年使節跡を訪ねる　リスボン

リスボン港

遙かなる国に至りて少年ら港のどよめき如何に聞きしか

王宮への道

着飾りてしづしづと往く石畳少年らの面かがやける見ゆ

どよめける歓声の町太刀はけるわが日の本の若き人らに

仰ぎみるパイプオルガン堂内に響きたりしか遠つ世の音

エボラ大聖堂
はりつけのキリスト像の絵がたりに眼そらしぬ見るがさみしく
遠くきて大和の国のみ佛のいまさらさらに面輪こほしき

サンタ・クルス
リスボンの町より車走らせてやうやく着きぬサンタ・クルスの町
「落日を拾ひにゆかむ海の果」檀一雄詠
「落日を拾ひにゆかむ」とひとつ言呟き歩む岬に佇ちて

花還天……草書

檀曰く、「ここは日本の風景に似たる」と
句碑見つつ真鍋呉夫に檀一雄大人らいまさぬ寂しさまして
「檀通り」今だに残る町名のありて歩めり静かなる町

風強く紙おさえつつ採る
やうやくに採拓終へてふりかへる海のはたてに大き陽の落つ
落日は真赤に燃えて海の果岬の丘に佇ちて拝めり

エジプト

君が見し落日も見つ海の果かの日を偲ぶわれは旅人

シナイ山・モーゼ十戒山上

鞍もなきラクダの瘤にすがりゆくモーゼの神の光を見むと

暁闇の道こそ分かね断崖とおぼしき中をひたに登れり

御来光を拝す

異国の言葉のたけを唱へたるマントラ和する朝のしじまに

スカラベ型テラコッタ……ヒエログリフ（聖刻文字）紀元前十四世紀　エジプト

モーゼの観し神の光りの閃光を朝日(あさ)の光りに我も見たりき

明けそめし瘤岩山の連なれるシナイの山をみつゝ下れり

大いなる砂漠の果の落日にま向ひ佇ちて息のむわれは

ピラミット三つ並びて後背に赫々として夕陽落ちゆく

風受けて船の帆ゆるるカタコトとファルーカに乗りナイル下れり

エジプト考古学博物館

永遠の生命の願ひ果てもなし壁画の色の寂しけらしな

「死者の書」の壁画の色の剥(は)げ落ちて彼岸に着くやいにしへ人は

スカラベは再生の神と呼ばれた

瓜ほどのスカラベ印は群青の色を沈めて掌の上にあり

来る者には安らぎを　去りゆく者には倖せを　中央・花喰い鳥……………ラテン語

再生の神と呼ばれしスカラベの色鮮らけく己が掌に在り

パピルスの紙を求めて行き交ひつ夕暮れ時のバザールの街

直日氏を偲ぶ

三角の夕影ややにうつろひて砂上に咲ける紫の花

志成らざる時しそのいのち捧げし国に来つつ哀しも

アフリカ

美・スウンダル ……… サンスクリット語　デーヴァーナーガリー文字

リビア砂漠
夕風に舞ひ上がる砂金と化り飛びちらふなり陽に光りつゝ

アブシンベル神殿
ラムセスの巨大な像のヒゲ長く仰ぎたゝずむ夕べとなりぬ

象形の文字はいくさの記録にて哀しみさそふ遠つ世の壁

ダムになるアブシンベルはヌビアの土地であった
ダムに沈むヌビアの人の哀しみも乗せてナイルの河流れゆくなり

スエズ運河
対岸にシナイの砂漠をのぞむなり紅海へだつ海辺に佇ちて

石組みの石のわづかに残りたるモーゼの井戸の水枯れにけり

キリマンジャロ遠くに見つゝ船はゆく白き峰には雪の残りて

ケープタウン
突端は波荒くして船ゆかず遠くに望むテーブルマウンテン

プルス　ウルトラ（さらに先へ）……ギリシア語

ナミブ砂漠

広大な砂漠の続くその果に夕陽の照らす砂紋美し
砂嵐次々変る砂の色赫あざやける波の妖しさ

シーサンパンナ（西双版納）にて

世界一周の旅

出航のドラ鳴り響く冬空にいよよ始まる地球一周の旅　十二月三十一日

立つ旅をひかへて風邪の癒えずあり心細きに旅立ちにけり

荒浪に年越す海の果暗く日向灘には白秀（ほ）立ちゐし

年近くを地球一周の船の旅大海原に出で立ちにけり

ベトナム

船室の丸窓よぎり鳥飛びて明け初めにけり今日は正月

ハン川の河畔にたちて戦乱の跡に火焔樹の花咲きてゐし

地球儀を抱きかゝへて寝ねし夜にするりと抜けて夢さめにけり

海の色利休鼠となりゐたり東支那海に雨降り止まず

陶ものの丸に四角に四、五尺の盆栽の鉢大きさに驚く

吹く風のかすかに揺れて梨の花揺れのあはひにほのか香の立つ

群青の屋根の瓦にきらきらと陽は照り返へし雨上りけり

一月二日
大海原の風にはるばる吹かれゐて心澄みにしわが誕生の日

涼風　ヘウタン型……楷書

ティエンムー寺院
人らみな去りてしづけき寺の庭七重の塔に染まる夕焼け

カイディン廟
唐風の大らかな文字掲げられ心豊かに堂内歩む

ハイパン峠
ランコーの漁村へ向ふ細き道緑の風の峠ふきぬく

インド洋
渺々と大海原の冬の雨昼夜わかたず降り続きたり

陽の出でて数日ぶりの海原の波の白きを倦かず眺めし

船中でみまかった人を悼む
冬の海の一期の逢ひの束の間のいのちさびしく思ひけるかな

セーシェル島上陸
雨上がり八日目にして土を踏み緑の島を嬉々と歩めり

鮮やかな羽根はばたかせ飛ぶ鳥の声にきき惚る昼の一時

昔、ミッションスクールで唱った英語の讃美歌
教会より流れ来れる歌ありて思はず唱和す歌のなつかし

双子椰子の原産地はセーシェル島で、この地の苗をスリランカへ移植した
双子椰子風にそよぎて人誘ふ並木の下をひたに歩めり

セーシェルの海晴れわたり南国の空ともなりて夕陽美し

南国の植物続く並木道古老の店でTシャツ求む

翻々然……花喰い鳥と篆書

ケープタウン

ケニア・モンバサ入港
空青く白き建物続く街すれ違ふ人ポルトガルの顔

雪を抱くキリマンジャロ　五八九五メートルのアフリカ第一の高山
キリマンジャロを船の上より望み得て氣高き姿に頭たれたり

インド洋大西洋を画す岬大洋海の出合ふ水脈(みを)立つ

喜望峰
喜望峰の岩の景色の面白さ太古の姿のままなりといふ

幻・十字型……篆書

半日船上にあり
名にし負ふうたて荒れにし岬なり波たかくして船よせつけず

ケープタウンの波を思い
思ひ見ぬ天正の昔の四少年苦労のさまをうたた偲びて

九州キリシタン大名の大村・大友・有馬、天正十年ローマ法王の許に少年使節を遣わした
仰ぎ見る南十字の星燦とかの少年等もここに見にけむ

海鳴りを思ひ出でつつ古へのヴァスコ・ダ・ガマに思ひ馳せ居り

ナミビア

ナミビア砂漠　ナミビアは「何もない所」の意という。世界最古の砂漠。いまようやく人とけものが僅かに住んでいる。

朝焼に染まる砂丘の動くさま光と影の変りゆくさま

億年の砂は細やか手に採れば指の間ぬけてさらさらと落つ

満天の星空の下はらばひて砂丘の声を聞かむとはする

春立つと大海原の只中に南十字を仰ぐ旅空

凜

ブラジル

旗雲の下に次々銀色に光り合ひつつ飛魚の飛ぶ

リオデジャネイロ
リオデジャネイロはポルトガル語で「正月の川」の意

荒波の大西洋を越えきたりリオデジャネイロの港につきぬ

海抜七一〇メートル、コルコバードの絶壁の丘に佇つ

両手拡げ水平線を見遥かすキリスト像に陽は降りそそぐ

ひと足とまた一足と這ひのぼる像をめざしてつづく坂道

凜

楷書

アルゼンチン

夕日かげうつるともなき湾の上ひとひらの雲東に流る
刻々と沈む夕陽を背に受けて佇つキリストの像の淋しく
たまゆらの月の輪虹となりゆける異境の夜空を珍らかに見つ
プラタ川海と見まがふ大川を渡ればきウルグアイの街
ブエノスアイレス

風
篆書

悲しみはうつそみにありもの云はぬ古き建物の続く街並
十七～十九世紀の街並のコロニアは、スペインとポルトガルが数年に亘り激しく争った街
歌声の街にあふれて情熱のタンゴ踊れり夕陽を浴びて
ボカ地区はタンゴ発祥の地

マゼラン海峡

人さはぎ大氷河とふ声々にこころをどりてデッキへ急ぐ
氷河水道・マゼラン海峡
太古より絶ゆることなく流れくる海に轟く氷河のひびき
ガブリエル水道

断崖なす氷河は青く色澄みてしたたり落つる千丈の滝
ロマンシュ氷河

大氷河の麓の虹はゆるやかに弧を描きつつ海にかかりぬ

さんざめくデッキの上の賑ひは海に雪崩るる大氷河なり
幅数キロのセノ・アイル氷河

白きもの遠目に浮きて次々に寄せ来る見れば氷塊なりき

生氣・プラーナ　サンスクリット語　デーヴァーナーガリー文字

大氷河に近づく程にまなかひに青き氷塊次々と寄る

船員は流れ来れる氷塊を小舟漕ぎ出だし拾ひゆくなり
流氷は真水

船ばたにイルカ四、五頭寄り来り顔出しにけるさまのあいらし

よちよちと小柄なペンギン寄りてきぬ首かしげたるさまの愛らし
ビーグル水道・ペンギン島

チリ

タヒチ

五里霧中

篆書

イースター島

約一七〇年前にヨーロッパ人が来た時は密林だったが、一〇〇年後にはすべての樹木がモアイを運ぶ為に剪られて裸の島になった。カヌーを作る樹もなく島から外へ出ることもできず、自由に往来できる鳥を拝むようになる。ここから鳥への信仰が始まり、各部族共に一年に一回競技に参加し、断崖絶壁を下り海を泳いで、頭に付けたカスケットの中に鳥人島の卵を入れて戻ってくる。これを果した者が神官の後継ぎとなる。

ラノララクとふ石切場未完成の像残りたる顔

オロンゴ岬

足許の険しき丘に近付きてモアイの像を断崖に見る

一体は大阪万博に出品と表記あり

海を背に並ぶ一列モアイ像十五体とも高ささまざま

求めた文字板

裏表浅くに彫られし木の片はロンゴロンゴの未解読文字

帰国後、ロンゴロンゴ文字の木片に紐をつけてつるす

時折は魚板代りに打ちて見る文字のゆらぎにモアイ偲びつ

ポリネシア・スペイン系と顔立ちもさまざまなれどとみに明るし

ラバウル

花開時来蝶　蝶来時花開

良寛語　篆書

ゴーギャン記念館
タヒチは瓢箪の形をした島

火の山は火の始りとみどり濃きへうたん島は花盛りなり

極彩の黄色の花も草もありわがまならうらにゴッホのひまはり

燃え尽くる時もひたすら描きたり彼が愛せし南国の赤

ダブダブの白き服きて立つ姿孤独の人の影を宿すも

燃え立てるカンナのもとに少女坐すつぶら瞳の淋しらにして

「ノアノア」を残して逝きしドミニカ島タヒチの風よ吹きてあれかし
ノアノアは彼のタヒチでの紀行文。ドミニカ島はマルキーズ諸島の島

ラバウル（パプアニューギニア）ガダルカナル戦跡供養碑に詣でる。一九八〇年大成建設によって供養の碑建立される。碑は関ヶ原の石材。太平洋戦争の犠牲者十八万人。

ま四角の碑の上に穴ありて正午(ひる)に太陽を指すといふなり

周囲にはミモザの花も咲き添ひて慰むらむか亡き人々を

目の前の零戦の機をしらじらと眺めています観光の客

ブアイとふ実のいくつかを噛みてみつそは血の色のふかき紅
現地人の清涼剤

購ひしホラ貝吹けば粛々と風も和したりみ魂しづめと

月

行書

ふり返るラバウルの島遠ざかり昔も遙かになりにけるかも

激しかるいくさの跡の哀しさをしみじみと見し島遠ざかる
ガダルカナル

船上よりいくさの島をかへりみつみ魂鎮めの法螺吹きならす

大洋の千里の怒涛を越えて来し遠離りつつ千鳥鳴くなり

雨の空霽れ渡りゆき海原の上に出でたる月清けしも

船内で
はや夢は未知の世界を駆け巡り地図を片手に地球儀まはす

この地球巡り来たりしわれなれどあの世この世を巡るすべなきか

薄墨に大和島根の陸見えて泪溢れぬ思ひは知らに

祈り　プジャー……サンスクリット語　デーヴァーナーガリー文字

横浜港に到着
百日の旅を現の夢にして港に着きぬ日本に着きぬ

降り佇てば小雪舞ひ散り日の本のわが故国の匂ひなるかも

アーナンダ　菩提樹

くさぐさの歌・日本

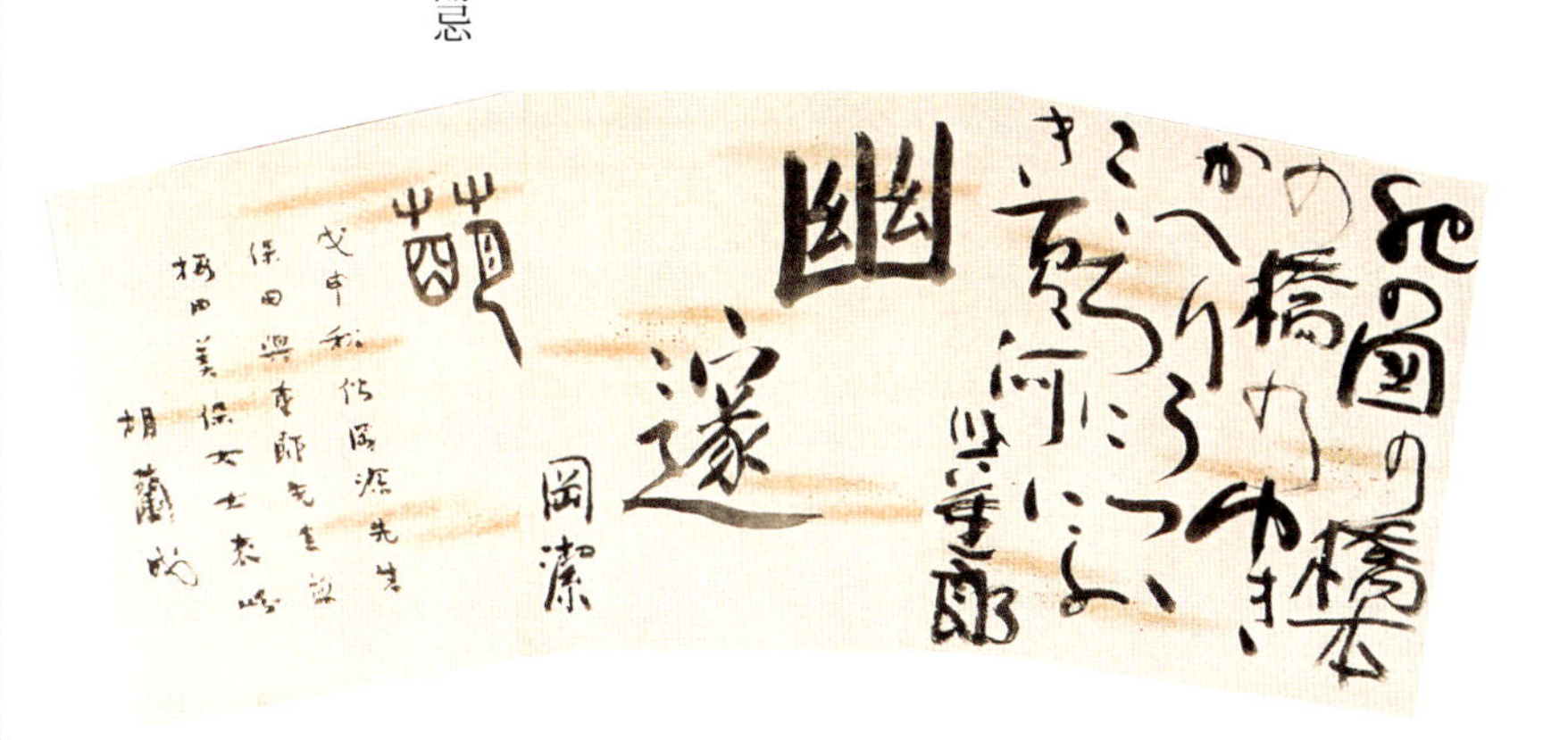
幽邃
岡潔

Work 41

東京

桜坂ほら坂桂の坂三つわが家へ帰る道花ざかり（高輪）

舞ひ降りて松にとまりし鷺一羽青く澄みたる初春の空（眼下東禅寺）

朝には鳥鳴く声に目覚めけり古木の深みは森を思はす

おほけなき余りある家さづかりぬ終の住処（すみか）と安らぎて居り

吉祥

西夏文字

ゆらゆらと莖を動かし浮き上るメダカは二匹生きのびて居り

咲き継ぎて山法師の花散りにけり夕陽光（かげ）さす坂のさぶしゐ

九十を越えて哀しむ生の緒の小鳥の声の分きて親しも

目覚むれば目覚めしことの嬉しさよお指動くをしみじみと見き

一默　篆書

わが願ひシンプルライフにありと云へどいつしか物の溢れつつゐて

うらうらと輝ふ弥生三月のつごもりの昼お移り成りぬ

上皇后両陛下、高輪の仙洞仮御所にお移りに

マスク召され御手振り給ふみ姿のみ車ゆくをつつしみ拝す

薔薇

仮御所のお庭に移し植ゑられしバラの名前はプリンセス・ミチコ

かにかくも三代の世を生き継ぎぬ昭和は遠くなりにけるはや

椎の樹は三百年余の時きざみ枝を拡げて大空に佇つ

細川家下屋敷跡・旧細川邸

浅野家のゆかりの志士も拝しけむ今は大樹となりて生き継ぐ

旧細川邸庭の椎の木、樹齢三百五十年余

桜花花びら散りて花むしろ志士終焉の庭の侘しも

大石内蔵助筆頭に十七名切腹の地。旧細川邸庭

天下春……篆書

九十まり二つの歳旦一年の幸ひ願ふ七草の朝

端渓の硯に注ぐ若水の年のはじめのすがしさに満つ

天竺菩提樹

菩提樹は冬の朝も青々とわが新室に香り放てり

緋めだか

たぬき藻の糸根に群るる緋めだかのたはむるさまはみるに倦かなく

たぬき藻の葉もすがれきて緋めだかもその影みせず冬深みゆく

たのしみは　保田典子刀自

たのしみは卒寿過ぎます大刀自のすこやかな顔仰ぎみる時

たのしみは有楽椿に目白きて暫しが程をむつみ合ふ時

たのしみはメソポタミアをとぼとぼとひとりし歩む夢を見る時

たのしみはケースの中の印章の古代の技術(わざ)のかぎり見る時

たのしみは長き黒髪ひさびさに洗ひて風になびかせる時

臘八接心を厳修する

臘八の接心に入る朝しじま枝移りするめじろ二羽みゆ

あけの空臘八接心終へしいま光り輝く明星拝す

非暴力か無私の行為か
アヒムサ・ワ・アナサクティ

バガヴァッドギータ　王とラーマ王子の対話
サンスクリット語　デーヴァーナーガリー文字

十二月一日〜八日

み冬づく星の輝きはるかにて今年も終る臘八接心

多佳子の句うちはに書きつほのぼのと人恋ふ夜の更けてゆきけり

両眼白内障の手術を受ける。名医赤星隆幸先生の執刀

しかすがに手術となりて生きる身の心みだるるわれを哀しむ

おぼろげな眼(まなこ)と心あひ寄りてうつらうつらと一日は過ぐ

Work 45

神奈川

四日目帰宅して

夕日かげ移るともなき窓の辺に鳥の飛び立つ音の親しさ

あくがれは夏の真昼の陽をあびて古代遺跡を巡る旅かな

東慶寺

門入れば見張るばかりに藍深き晩秋朝顔咲きほこりたり

東慶寺茶室

わが彫りし「寒雲」の額軒にあり年経ていよよ色寂びにけり

御堂の奥に水月観音おはしまし静かに時雨きき給ふなり

象と人物印を金剛院に奉納

日光と月光椿咲き継ぎて真赫（あか）のまぶしも金剛院の庭

画家堀文子氏は傘寿を過ぎてなおネパールの山にブルーポピーを訪ねられる。

大気薄き山に生ひたる幻の花は孤独に咲きつゝあらむ

幻の花は世界に拡まりてわが日の本の箱根にも咲く

弥勒菩薩（象と人物）……古印材　梵字

Work 46

川端章 ……… 川端康成印　篆書

日の本に根付きし青の花高く優しかりけり雅なりけり

はるかなるわが来し方のネパールの山々恋ほし花の恋しき

国宝・十便十宜・川端康成邸にて

いくとせか通ひし邸もうら寂びて庭の台杉風渡りゆく

正座して玉堂南画眺めをり夕べの灯(あかり)ともり始めぬ

深夜NHK「川端康成　愛しの山水・美の饗宴」のテレビを観て昔を偲ぶ、川端氏愛蔵の軸東雲篩雪ノ図

これはこれ目眩く観るこの画帖玉堂大雅の十便十宜

国宝

素手にしてめくる冊子をおそれつつ慎みめくる十便十宜

東大寺清水公照猊下を川端邸にお誘いした折に

湯ヶ島の宿の床の間邂逅の文字の花入れ見つつ哀しゐ

「伊豆の踊子」を執筆された湯ヶ島の宿の床の間に北山杉に彫った「邂逅」の文字あり、文字は川端康成書、玉瑛刻

百歳のお祝いに印を謹呈、小倉遊亀氏を訪ねる。　禅者小倉鉄樹と結婚、百四歳歿

鎌倉の谷戸（やと）のかたへにひっそりと老い重ねます絵だくみの人

手握れば返すちからのぬくもりを心に抱き別れきにける

相模女子大学学長・谷崎昭男氏お別れ会

相模野の学舎広く風渡りさびさびとして銀杏散るなり

献奏の吹奏楽はいや増してあはれを増しぬ聴くが哀しき

婆子禅

篆書

保田與重郎全集・四十五巻　講談社刊編集

つぎつぎに師の為刊行いくそたび一世捧げし君や尊き

円覚寺帰源院　「佛性は白き桔梗にこそあらめ」漱石

碑の前に咲きたる白き花揺れるが怪し夕影（かげ）のして

松ヶ岡文庫

石段を登りつ眺む両崖に岩煙草の花群がり咲けり

石段も古りてあやふし足許も通ひし年の道の懐し

茨城

大拙
鈴木大拙印　篆書

大拙忌　鎌倉東慶寺山上　四十回忌
瞳つぶればこれはいつかの風の音通り過ぎゆく東の間の時

七月十二日
柳宗悦氏の設計した佛壇のある部屋にて仕事した日を偲ぶ
「事去りて心は空に随ふ」と絶筆のあと見れば哀しも
五十年は束の間なりき今ここに昔の如く今日も坐しつつ

岡倉天心　天心六角堂
薄雲をやゝに染めあげ荒海に出でて真紅の陽はさしのぼる

五浦にて岡倉天心の書を採拓
縦長の「アジアは一つ」の大き碑を採拓しつつ大人を想へり

五浦の大観荘近くの墓
やはらかな円みを持ちて坐りゐる天心大人の墓のやすらぎ

江戸時代「見物の群衆、人山をなし」とある佐原の夏祭。華麗な十台の山車と哀愁を帯びた「佐原囃子」が重要無形民俗文化財に指定されている。

大江戸へ米を運びし小野川は在りし栄華を偲ぶ町並み

巾二間小野川沿ひを曳き廻す「のの字廻し」の山車は豪快

忠敬の歩みの跡の地図やこれ心打たるゝ「信念」の二字

結城に蕪村の跡を訪ねる。弘経寺

蕪村の句碑文字彫り浅く手振れつつやうやく読みぬあはれ寂ぶしも

分楽

篆書

君あしたに去ぬゆふべのこゝろ千々に何ぞはるかなる
君をおもふて岡のべに行つ遊ぶをかのべ何ぞかくかなしき
蒲公の黄に薺のしろう咲たる見る人ぞなき
雉子のあるかひたなきに鳴を聞ば友ありき河をへだてゝ住にき
へげのけぶりのはと打ちれば西吹風のはげしくて小竹原眞すげはらのがるべきかたぞなき
友ありき河をへだてゝ住にきけふはほろゝともなかぬ
君あしたに去ぬゆふべのこゝろ千々に何ぞはるかなる
我庵のあみだ佛ともし火もものせず花もまいらせずすごすごと彳める今宵は
ことにたうとき

壁に貼れる「北壽老仙」いたむ詩を夜毎に眺む千々にかなしゑ

牛連れて
農夫帰りの
親と子に
影長く曳く
いうしくの道

ロータルにて

山河蕩々

篆書

群馬

法師温泉・長寿館

わが胸も乱るる心地鉄幹も晶子も入りしこの法師の湯

草枕ひねもすいで湯に浸りをり晶子曼荼羅読めば華やぐ

牧水を慕って

暮坂の峠は寂ぶし雨しとどいしぶみの字を手になぞりつつ

越えくればしとど雨降る暮坂の峠の碑寂び寂びとして

十月五日　達磨忌・高崎達磨寺

拝殿に並びておはす達磨たち目なし片目とさまざまの面

心越禅師は江戸時代に清国より渡来し、達磨寺住職を務め古琴の名手。墓は水戸の祇園寺

達磨忌に奉納演奏

月琴に二胡に古琴に横笛に華やぐ衣装と楽の華やぎ

山梨

身延山

青葉みち梢あふぎて往きゆけばわが影も染む樟のみどりに

信玄公と勝頼の墓、並んで建立

うつりゆく夕影幽か五輪塔あなかしこみてをろがみにけり

愁君未知

山形

うつさうと繁る寺内に松楓四百年の風渡るなり

青々と紅葉の樹々の影落し緋鯉の泳ぐ名庭の池

恵林寺庭園は夢窓国師作。嵯峨天龍寺、嵐山西芳寺と共に国師の代表的な築庭庭園

杉木立相寄り添ひてやはらけき影を映せる山門の屋根

古色蒼然の山門は両側より杉の古木が掩う

山門の聯の柱は古色帯び火もまた涼しの言の葉あはれ

愁君未知……宋・青渓小姑詩　楷行書

恵林寺は臨済宗妙心寺派の名刹。武田信玄の崇敬を受けた美濃の快川国師が入山。織田信長の焼き討ちで壮絶な火定を遂げた快川国師の遺偈は有名である。聯は二本のこと「安禅不必須山水・滅却心頭火自涼」

しめやかに湯の水のもと吸ひ上げて青々として杉菜生ひしく

杉菜摘み　痛にきくと云う

つらつらと思へば病める友にみな摘みては送るわれのならはし

杉菜摘む

新潟

妙高の麓に住まふ画匠の良寛の絵慕ひゆくわれ

小杉放庵

赤倉山荘　岡倉天心書を採拓

巨岩なる岩に彫りたる横書きの「アジアは一つ」の文字の豊けさ

そちこちをうねりうねりし筆運びいのちのリズム溢るると見む

墨すりて良寛の歌写し居り越後の国ははや雪ならむ

騰々任天真……良寛語　篆書

魚野川

長岡から小出町の医師へ嫁した貞心尼は、離別の後に去ったが、時々この地を懐しんで訪れたという。現在船付場の跡は面影すらないが、この跡地の土手に貞心尼の歌碑がポツンと建っている。半折に書かれたと思われるその大きさの碑の書は、男っぽいが流麗な字である。この船付場の少し下流の橋の畔には「蓮の露」の贈答歌、良寛と貞心尼の歌碑が建つ。二首並べて彫ってあるが、小さな字で、この歌を知らない者には読みづらい。

幾百の時世(ときよ)へだてて歌残り御影の石に粉雪舞へり

天と地の境もいつかかきくらし庄内平野に雪降りつづく

上杉謙信旧居

昔日のおもかげ残す杉木立雲洞庵のふかきしづもり

月山も鳥海山もひた隠し雪降る中を汽車走るなり

古川悟氏はわが師二世中村蘭台の兄弟子　日本酒・八海山のラベル書

そそり立つ八海山の峰仰ぎ往きにし人の文字鮮やけき

八海山小出の民はおらが山その裏の民もおらが山てふ

風行草偃

篆書

柏崎にて　ドナルド・キーン氏、九十三歳の講演会に聴講す
聴講者千百名余、ドナルド・キーン記念館

百名を超えて列なす人々にゆるりと筆にて署名なされし

わが彫れる落款印を丁寧に押さるる手許見入りたりけり

美しき日本の文学読ままほしとひたすら述べし青き眼の人

電車内電子器具のみ皆もちて本読まぬ国と歎き給へり

ロンドン大学ライブラリーにて浄瑠璃講演会　ドナルド・キーン氏主催

鶴大夫弾く三絃の音冴えて耳かたまけて聴くは外国

平澤記念館

壁に掲る「努力」の文字の大らかにその人柄のあはれゆかしき

平澤興著『山はむらさき』

疲れたる眼轉じて窓よりは「山はむらさき」に映ゆる美(うま)しき

保田與重郎師葬儀　平澤興氏弔詞

み葬りの雨しとど降る義仲寺に嗚咽の声は泪なりけり

人事盡處即命……篆書

岩手

渋民村　啄木を偲ぶ

渋民の小学校の椅子在りて坐りても見む小さきものを

鳴らすのは禁止との貼紙あり

学び舎の軒につるせる銅鐘(かね)さびて往時を偲ぶ風の吹きゆく

ギッシリとノートの文字の美しき夢大かりし日記数冊

ローマ字の文字の並びの美しき几帳面なる啄木ノート

富山

八幡平
からまつの上に浮べる満月の光さし添ふ粉雪の空

鶯の音に誘はれて山ゆけば群がり咲けるかたかごの花

高鳥賢司著、歌集『相忘』を偲んで富山護国神社に奉納
ひさに見る「相安相忘」板ふりて往きにし人よ「相忘」さぶし

中野清韻氏を見舞い作画を頂戴する
手毬もちふり返りたる良寛の黒染衣笑みのいとしさ

相安相忘

鳥蟲体篆書

「無為」の軸かたむきかかる草庵に竹のそよぎを見ます良寛

中野清韻氏画軸
まんまるの眼優しき明王に添ひし脇侍のあいらしきかな

片目にてルーペ持つ手もふるへゐて読書するなり歌人あはれ

難聴の中野清韻氏
通訳の吾(あ)を待つ人の笑顔あり杯を重ねて夜半となりたり

Work 56

石川

観

篆書

明恵上人の書
人はみな「あるべきやうは」と遺訓の書ここだ愛しくしみじみと見き

金沢に白龍堂主人を訪ねて
さりげなく印譜の棚の片隅の金銅佛を愛ほしみ見つ

書・篆刻家の中島春緑邸にて、中国美術蒐集を拝す
海越えてこゝに座したる大き壷李朝の白の肌恋ふる大人

賜った比丘立像　隋時代の佛
ほそぼそと小指ほどなる比丘立像合はす御手の愛らしきかな

クリフトン・カーフ氏、京都で活躍した版画家　日本人の暮しに魅せられて日常を暮した
御所の西長者町なる雅屋に長火鉢抱へて住みし髭の版画家

絹羽織縞の着物の着流しに派手な草履で縄手道ゆく

京より金沢に転居、三年程で主計町で逝去
さんさんと雪降りつもる主計町こゝに住ひし人のこほしき

浦上玉堂が百日間住んだ寺島蔵人邸
「玉琴」の額も古りたり玉堂の琴室窓に梅のかをりて

Work 57

たたずめば耳に琴の音きこゆなりわが師弾きたる屈原の曲
寺島邸にて奏曲からはや四年の歳月が過ぎた

細々と篆書の文字も雅にて古きを増して額のいとしさ
細野燕台書

豊島屋の「汀」の文字もひなびゐて面影のたつ菓子のよろしき
金沢・宝円寺に詣でる

み墓の字燕台風と云ふべきかいにしへぶりの雅び美し

知足

篆書

福井

鈴木大拙館　浅いプールのような水面をのぞむ座禅堂にて
水面はときに光りてまた消えぬわれも坐しつつ幽かなるとき

椿原氏　福井にお誘いあり、病中にもかかわらず案内していただく。橘曙覧邸
杖つきてやうやく着きぬ館なり本日休みの貼り紙揺れて

春嶽の邸（やかた）の茶会に誘はれし一服の茶に幕末偲ぶ

岐阜

高山　江戸期の小糸窯復元者、長倉三朗氏・玉瑛小糸窯印献呈
賜りし小糸焼なるわが湯呑日毎つややめく色の愛しさ

蒲酒店

保田與重郎師のご案内で川端康成氏が嵯峨・落柿舎にて「佛界易入」と「魔界難入」を二枚の半切に書かれたのを保田邸にて師が一本の軸に表具された。「界」も「入」も二字並ぶ表具は難しいが、特に「入」の字の並べの上手に感心した。

保田與重郎邸

五風十雨

古文　篆書

御母衣ダムに沈む合掌作りの館を高山の町へ独力で移築

沈むには惜しきと告らす館なり峠を越して移しにけりな

見上げた大屋根の額は幾世経て古りまさりゆく。哀れ主なく、神代杉を愛した主の依頼

いにしへの神代杉はつやめきて利休ねずみの色や美しき

倉八は骨董屋

二ノ町の「倉八」軒にわが彫れる表札古りてみるに飽かなく

美濃・関市弥勒寺跡

円空の館の道は細々と竹の葉ずれの音をききつつ

人の世の幸せ願ひ円空佛鑿のあとにも優しさのあり

数万のみ佛彫りつつ旅に果てここに入定泪あふれく

静岡

沼津御用邸

すめ皇子のお育ちましし邸にて釜の松籟さやさやと鳴る

昭和天皇・秩父宮殿下

背丈(みたけ)ほどの地球儀囲みお二人のすめ皇子立たす邸ありけり

Work 59

滋賀

大悲

楷書

六兵衛の碗もつ指のふるへゐて乙女の白き指の愛しき

万三郎岳を越えて一碧湖にて一泊。愛新覚羅女を偲ぶ

いづくさへ往きましにか湖に揺れる水草いのち愛しゐ

雲かゝる不二はいつしかたそがれて裾野のはてに揺るる穂芒

宗祇の弟子、宗長の子孫の願いに墓誌を四面に書く

宗長の供養に建てし碑に十数代の文字やはかなく

信楽・ミホミュージアム　古代更紗展

いにしへの更紗の布に真向ひて心たかぶる藍とくれなゐ

古りし代に南蛮船にて運ばれし更紗の紅の潭き色合ひ

千年の時経てなほもあざらけき唐草紋様くれなゐの彩

古渡りの更紗の図譜を愛しみて購ひ来りしわが若き日よ

京都

唯一夜朧月夜之別哉

玉瑛句　楷行書

ミホミュージアム入口のしだれ桜
古代更紗名残りごころにふり返る桜は春の雨に烟れり
したたかに野茨散らし石山の小舟は岸に繋がれにけり

義仲寺奉扇会
ひさに逢ふ近江の寺の奉扇会この日逢ふ人みな懐しき

無名庵の玄関に掛かる「年中行事」保田與重郎師の書
わかき日に寺にて彫りし木額の色の古りたる見ればかなしゑ

義仲寺　木曽八幡社
八幡社の社頭にひびく拍手の音厳かに祭祀すすめり
み墳守る柿の葉はつかに紅葉して華やぎ添へぬ蕉翁の忌

東寺　御修法会
弘法大師より続く鎮護国家の祈祷　一月八日〜十四日
朝まだき令和の御代の御修法の列に並べりわれつつましく

幼稚舎の子供ら南無大師遍照金剛を唱える
列なして子供ら称ふる真言の声すずやかに愛らしきかな

ゆったりとおほらかな「御衣」の文字掩ひしみ輿鎮まりましぬ
今上天皇の御衣を入れた輿

になはれて御衣しづしづ返りゆくみ輿に祈る国家安泰

堂内の祈りの声は大寺の樹々にこだまし天空に消ゆ
灌頂院での御修法の祈祷は年に一回、六時間のみ開堂

祇園祭はかくて幾とせ灯しつゝ幾万の人今宵つどへる

風雅悠々

篆書

賑やかに祇園囃子の流れゆく京の町屋の夕ぐれの時

「玄想庵」町屋の軒に掲りたる板も古りたりわが彫りし額

雄大なガンジス河の激流を群なし渡る水牛おどろ
秋野不矩氏　長年インドにて作画した大作

献燈のほのぼの淡く金色にゆらゆら揺れてひたに美し
頂戴した絵　印は玉瑛

秋野不矩印

サンスクリット語　デーヴァーナーガリー文字

たまたま前田行貴師帰国の折に秋野不矩氏を訪ねる

美山にて語るは昔天竺の苦労話に花咲けるかも

天竺の苦労話は忘れしと大人を見やりし笑まひ清しき

御所の南に移住して

霜置ける玉砂利踏める朝毎の散歩となりし京都の暮らし

京都・金福寺

金福寺たか女の面影偲びをり夕ぐるる庵静かなるかも

与謝蕪村の墓に詣る

いにしへの唐様振りか大らかな隷書の文字のみ墓したたはし

俳人・青木月斗

並びたる丘に月斗の墓ありて軽味の文字のあな雅びけり

東大寺

はたはたと幡はためける大寺の花の灌佛はれやかにして

天平の観音像の両の指ふれなば落ちむ花片のごと

奈良

松岡寶藏

胸元に合はす御指（おんて）のふくらみはかなしきまでに美しきかな

み佛と共に聞き居り軒の端の古き垂木の雨たらす音を

甘樫の丘に登れば神奈備の山なみこめる霞はるけし

絵更紗の袋求めしおほ三輪の春市はてゝ日は暮れにけり

松岡寶蔵　東慶寺蔵

楷書

自在なる技能（わざ）を給へと秋篠の技芸の神にぬかづくわれは

業火にも耐へしみ佛千年を肌くろぐろと光りたまへる

冷えしきる古き御堂におはしますつやめくみ手のつめたからむに

大らかな圓みを持ちて鎮みます三輪の神山太古の如し

宇佐神宮神苑

神遊

篆書

右は伊勢左は長谷へつづくみち道標（どうひょう）古りて雨降りつゞく

環濠（くわんがう）の集落抜けて野に佇てば遠つ彼方に布留の森見ゆ

三つ鳥居うら寂び立てる檜原より箸墓も見ゆ三山も見ゆ

笠縫の檜原の道を下りつつ振り返り見つ三輪の夕月

東大寺・二月堂　火祭り

廻廊をゆっさゆっさとかつぎ挙ぐ僧のかんばせ晴れやかに見ゆ

過去帳の青衣の女人の面影をまなうらにして読経聴けり

内陣は女人禁制格子戸のすきまより見る韃靼の舞

若狭井の若水桶に汲まれたりかそけく揺るゝ音のさびしさ

Work 65

たまたま御縁があって唐招提寺の御影堂の鑑真和上像とその周囲に描かれた東山魁夷画伯の襖絵を拝する事ができた。この襖絵の為に画伯は中国の黄山を中心に写生をされ、それに数年が費やされた。和上御像の後の襖には故郷揚州の風になびく柳が描かれているが、あの閉ざされた両目の奥に揚州の風になびく柳の音を耳にされたに違ひない。芭蕉の「若葉しておん目の雫ぬぐはばや」の句が浮かぶ。

画伯はこの和上の為に襖絵はひたすら祈りつつ描かせて頂いたと聞く。尊い話である。

蛇足。私は数年前和上が上陸された鹿児島の坊ノ津へ渡り、めしひられて猶かつ佛教の為に日本に渡って来られた和上のみあとに祈りを捧げた。

画伯の描かれし襖絵

坐しませる背に柳の古木あり優しく揺るるふるさとの風

繪更紗乃袋求志大三輪能春市果天陽者暮尓計梨……玉瑛歌　万葉仮名

鑑真和上の生涯を描く東山魁夷氏

めしひられし和上に捧ぐ襖絵は見るにさやけし心なごめり

崇神天皇を偲ぶ

齊庭なるはな橘の黄なる實は小さかりけり寂び寂びとして

田道間守（たぢまもり）の歌くちずさむ橘の黄なるが一つ枝に残りて

徳田明本氏　唐招提寺の清僧

名月を共に仰ぎて語らむと告らしき人の亡きが哀しゑ

Work 66

喫茶去　篆書

おん胸にニトロを提げておはす師と寺々巡る面輪清しき

昭和に奈良の東大寺・法起寺・法輪寺再建する

またも来むとのたまひし大人ひた恋ひし終の別れに哭かざらめやも

徳田明本氏に案内される。ヘルメット着

法起寺の三重の層に登りゆくあな怖ろしき高さなるかな

法輪寺には幸田文女史が建築中近くに泊り住み再建に協力する　我も瓦寄進

鑿の音かすかにひびく法輪寺寄進の瓦色うつくしき

昔、森暢氏の御案内で聖徳太子の磯長の御陵を拝する。神式佛式の両陵

鬱蒼と繁れる樹々のあはひよりはつかに見ゆる屋根寂び寂びと

聖徳太子の通ったという道　竹ノ内街道

目つむればよみがへるなり飛鳥より駒走らせしすがしこの道

當麻への道黙しつつひた歩む師の背に寂ぶししぐれ降りくる

ほのかにも見ゆる蓮糸さびさびとかく美しき當麻曼荼羅

中将姫の伝説あり

和歌山

中ノ坊火鉢囲みてとつとつと師の語る道わすれざらめや

創建以来両塔残るのは珍しい

愛らしき両塔仰ぐその上にさやに清しく星かがやけり

那智

あらたまの年立ち返る那智の滝ひかりの中に虹湧きたたす

音たてて遠世ながらを落ちたぎつ那智の滝をばをろがみにけり

夢幻空華

道元語　篆書

高野への道幾曲りして姫神の社の前を通り過ぎたり

保田與重郎師の言葉　高野詣の前に姫神社へ詣でよと

「片参りしてはいかん」とのたまひし師のみ言葉を口ずさむ道

高野山・卓空展　高野山ギャラリーにて「祈りの絵」と題する個展。視野失ひし難病の卓空描くものみな祈り

観音は色彩やけき色にして亡き母に似しあはれさびしも

バンデアミール湖

徹々無盡

篆書

救はれる人のあらばと日々に描き続けし卓空の手

大拙夫妻墓地

み墓辺に詣づる道の険しくておぢけつつゆく大拙の墓

次々と落ち積まれゆくかんな屑薄き切れ葉を透し見るなり

その昔、妙好人の才市翁はかんな屑に佛への感謝の語を日日書き止めたことを思いて

日の本にいにしへぶりの宮大工高野の山に槌音冴えて

大彦組・辻本彦兵衛仕事場

教育者、三上大人弥山山頂にて遷化

やうやくに辿り着きたる弥山なりこゝに往かしゝ人を偲びぬ

行者道あへぎ登れば白々と大山蓮花の香りたちくる

三とせ経て今やうやくに逢ひ得たり香りの充つる大山蓮華

弥山より屋根伝ひゆく磴（さか）みちのひだり右（みぎ）りの白き花々

兵庫

をりをりは法螺貝吹きつつ険しかる山を登りぬ花を恋ひつつ

城崎の一夜　豊岡の御上人様と浜坂の御上人　志賀直哉の宿

城崎の湯に招かれて夜もすがら両上人の清談を聴く

下駄の音も響かふ川の畔ゆく柳青みて湯の町は春

志賀直哉筆の碑は現在文芸館の庭に建つ

その昔「城崎にて」の碑の採拓せしも懐しきかな

富士

岡山

浜坂の吉川陽久御上人装幀『インド曼荼羅』、古布はインド布

感性の技術(わざ)もて君が装幀のわが著書飾る古布の美し

栄福寺

浜坂の古刹のみ寺に詣できて大悲の灯ともす人のなつかし

清水比庵展

赤も黒も富士の山線太くして紙よりはみ出す大胆な線

寺町・菓子老舗

ふり返る亀屋の軒の比庵歌印はわが師と懐しみ見つ

広島

法然上人が幼少の折に仰いだ樹

しづかなる光に満ちし大銀杏青々として風抱くなり

耳寄せて久遠の聖の声聴かな大樹の幹の水脈(みなわ)さやさや

京・東福寺の書記、釈正徹

神辺(かんなべ)の釈正徹の墓ふりて神戸(こうど)の山にひぐらし鳴くも

備中なる小田の庄なる山城に生れたまひき歌の正徹

雨滴聲

篆書

島根

漢学者・菅茶山、その塾頭、頼山陽

神辺に茶山山陽の塾ありし紅柄格子の街静かなり

松江・松平不昧公の書

「春月」の隷書のはねの面白さ遊びの文字もうたゝ華やぐ

寝ながらに書かれし遺偈の文字厳し眼みはりて見入る一時

有茶無茶

諸流皆我法なりとのたまひし茶の湯の匠尊かりけり

山口

萩・松下村塾

萩にきて松下村塾三度訪ふ坐敷涼しく風渡るなり

誘はれて松蔭神社に詣でける一言「悲し」と云ひし人往く

香川

小豆島、尾崎放哉の墓

放浪の果て終の住処となりし島み墓の上に風渡りゆく

放哉の世話をした庄屋・吉田文八郎氏

筆書きの巻紙書翰拡げつゝとつとつ語る面輪ゆかしき

日々是好日　シュバーラバ　マンジ型……サンスクリット語　デヴァーナーガリー文字

ハート形の姿やさしき菩提樹の葉末に宿る露の清しさ

天竺菩提樹は釈尊成道の樹。佛像の出現以前は菩提樹を拝む

ブッダガヤの芥子粒ほどの種拾ひ育てし樹々のすこやかにして

菩提樹を小豆島の寺へ移植す

半生を育てし鉢を輿入れす心地寂しくなりにけるはや

根元はや三十センチともなりまさる三十五年の歳月のいま

徳島

大塚国際美術館・ルーブル美術館作品の模作

信楽の赤の釉薬かゞやける異国の絵画見るにあかなく

モラエス

日の本のくらし愛しと暮されし旧居の跡に佇ちて侘びしも

高知

これ以後空海と名乗る・四国巡礼

ここにして空海の名定まりき太平洋をま向ひにして

この空と海との果てに天竺のありとし思はばなつかしきかな

寘子于懐

寘子于懐　詩経　楷行書

半世紀前に青龍寺跡に詣でて

西安の高粱畠の限りなく続ける中に碑は在りしかな

愛媛

瀬戸弓削島墓参

父のみの父のみ墓に詣できてかくすこやかと礼申し上ぐ

佇ち並ぶ先祖の墓石古り古りてかがまり読みぬ文字をなぞりて

先立ちし妹のしるしとわが墓誌を刻む文字書く冬寒の夜を

Work 73

福岡

萬緑之噎返香也山之雨

玉瑛句　篆書

一日終へねんごろに磨く篆刻刀賜はりし人思ひつつ磨ぐ
印刀は白鷹幸伯氏作、東大寺他奈良の寺々の修復に用いた刃物の作者

パチパチと火花は散れり工房に汗したたりつ鑿打つ刀士
松山の堀江仕事場

賜りし刀もへりたりいとしみてとぎつゝ哀し人のいまさず

灯の下に一心に磨く刀の先鋭利に光り輝き増せり

印彫るを楽しみとして携り九十余年の遙かなるかも

さまざまの人は過ぎゆき巡礼の笠に残りし文字の哀れさ

愛媛・佛木寺にて
空海のみあと慕ひてゆきゆけば山川草木みな光満つ

都府楼跡
夕づきし都府楼跡の芝草をしみらに霑らししぐれふりくる

インド佛足石拓本を語る

ブッダガヤの尼蓮禅河の河畔に五世紀のグプタ王朝に建立されたスジャータ寺院がある。スジャータは六年の苦行を全うされたプリンスシッダルタに乳粥を捧げた女性でこれを記念してスジャータ寺院が建立された。一九八三年考古省の許可のもとに佛足石の拓本を採拓する事ができた。左足だけの佛足石が神殿（現在）の入口に安置されている。

この石面には法輪、無憂樹、旗、双魚、塔、菩提樹などの聖文の数々が細い線で彫られていて非常に珍しいものである。

一九八五年、外国人がインド人と結託してこの佛足石を盗んだが、ネパール国境近くで調べられ発覚し、余りにも重たいのでその場に置いて逃亡したといふ。約百三十キロもある碧色片岩である。

現在はインド・パトナの博物館にグプタ朝期の国宝として厳重に保管されているが採拓は不可能となった。

釈尊の足跡を印刻した佛足石はガンダーラ地方において一世紀後半から刻まれた。佛像の出現以前インドでは釈尊の形像を造る事は恐れ多いこととされ佛足石は釈尊のシンボルとして礼拝の対象として祀られてきた。

ブッダガヤの佛足石で最古の物は金剛宝座の南に安置されているのが一世紀の作品で、これは佛足の輪郭だけで文字のないシンプルな佛足石である。

この他ブッダガヤの大塔の下に安置されている左足のみの佛足石には中央に法輪、その上には一頭三匹の魚、法輪の横にサンダル、この下に光背と菩提樹が彫られ、指先に法螺貝文様が彫刻されている。このグプタ朝五世紀の佛足石も採拓したが、一九八四年十二月から一ヶ月間ダライラマ一行が金剛宝座の前でセミナーをし、その折、佛足石の上に千燈万灯の燈明を立てたので石面に煇が入ってしまった。これ以後、考古省では佛足石の上にガラスで掩いをして保護したが後に博物館に収蔵された。

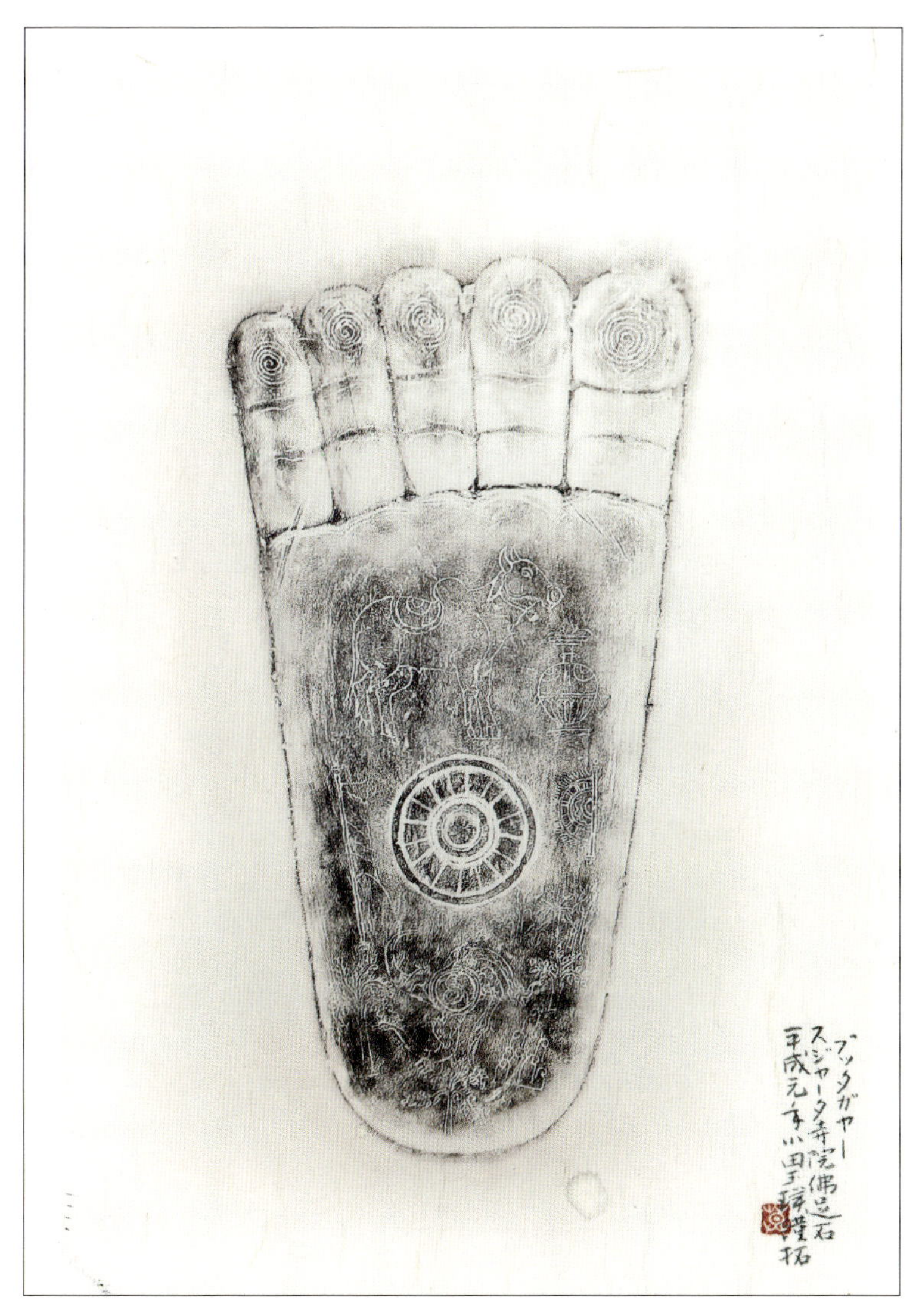

佛足石拓本

佐賀

寸心丹意

行書

友らみな先に往きしとかなしびを語りゐまししし君も往きたり
少年特攻兵、今春逝去

ながらへて祈りの旅を続けられし君往きましぬ知覧の空へ

大壷に描きし彩のあざやけき直弧文様いとしかりけり
小倉在住の陶芸家、石原祥嗣氏

わが愛でし直弧文様いにしへを偲びつ宵に杯かたぶけぬ

多久の聖廟　孔子像

赫々と御堂は秋の陽に映えて樹々のあはひに立ちておはせり
中国様式、日本最古の孔子廟

病押して奏で賜ひし七絃の音ほそぼそと哀しかりけり
師は癌。東京より聖廟へ、二日間演奏さる

唐楓(とうかへで)落葉の音を耳にしつ翁の廻す轆轤ゆるやか
唐津・隆太窯　中里隆翁

次々と皿は形となりにける手わざ不思議と魅入る一時

長崎

隆太窯
朝まだきバッハの曲の流れゆく工房内の静かなる時

隆氏の料理
手料理に笑みこぼれけり陶工の魚料理のあなうまかりし

曽良の墓に詣る　壱岐島
玄界の風さはやかに吹き来たりみ墓の上にも桜はなびら

閨秀の描きし絵とは如何ならむ恋の彩りつむぎたりけむ

紅心
篆書

豪商はくぢら商
豪商の姫にこがれし曽良の墓つひの住処を此処に見るかも

壱岐・ヨガの里
看板のオームの文字の線あやし廃墟の庭にタンポポの咲く

二十年前に彫った壱岐の料理屋の看板
店先の軒を支へし大柱「太郎」の屋号の文字も古びて

天草、隠れキリシタン
隠れつつ祈り続けし人の在り陋屋の跡佇ちつくすわれ

花爛漫

エジプト聖刻文字

対馬藩に仕へ日韓外交に盡された雨森芳洲の墓に詣る

散りつもる小笹の坂道ひとりして登りゆくなりたゞ一心に

おほらかな文字深々と彫れる碑に篁ゆするかそかなる風

両国のはざまにありて粛々とことなし遂げし大人を偲べり

対馬・赤米神事は田中千鶴氏の努力によって復興された。神田は山陰の狭い土地

うつし世の縁を承けて赤米の神事の列につつしみつどふ

ひろらなる代田に青く山写し田植の歌の風に乗りゆく

半纏の背に描ける垂穂揺れ華やぎ添えぬみ祭りの中

風祭竜二氏の切画

献穀の文字も黒々白き旗風にはためく六月の空

一軒のみ残り、神事を護る主藤公敏夫妻

いにしへの神事護りて幾星霜つつましくあり尊かりけり

大分

山陽三百年祭　安芸人・長崎円山「花月」につどふ

山陽を偲ぶみ祭「花月」にて宴華やぐ宵となりけり

山陽の詩を吟じつつ舞ふ剣舞をみなの舞の豪快にして

おもむろに琴引き寄せて爪はじく琴先に舞ふ紐のうつくし

月琴の先に付ける色とりどりの彩の紐

「お良さん」の月琴の音か幻かうつゝにききぬ夕かたまけて

旅

古文

龍馬がつけた刀傷という

床の間の柱に残る刀きずさびさびとしてあはれ寂しも

大谷光瑞上人を偲ぶ　鉄輪は別府の温泉地

御遷化のみ跡慕ひて来りけり鉄輪の白き湯けむりの中

大谷光瑞のシルクロード探検は明治三十五年（一九〇二）八月「大谷探検隊」と銘打って西域佛教調査行のスタートを切った。この唐突とも思われる彼の行動には宗門の人達も驚いたが、この頃日本は廃佛毀釈の嵐に揺れていた。西欧先進国の思想文化に触れる事が必要な課題であると、東西本願寺が競って有能な人材を海外に派遣したのは、ヨーロッパでパーリ語やサンスクリット語などの佛教研究が盛んになりつつあったからである。日本人として初めて法顕、玄奘の求法の足跡

天道好還　篆書

をたどる旅、この死線を越えての旅は彼の佛教徒としての固い使命感の行動であったと思われる。しかも同時代のヘディンやスタインは国の援助で調査が可能になったが、大谷探検隊は国の援助なしに実行したのである。専門の地理学者でもなく一佛教徒の個人的な計画であるのにも驚かされるが、宗門の莫大な財産を使うだけの度量と佛教徒としての厚い想いがあったと云う事ではなかろうか。長い間、宗門ではこの件で大谷光瑞を語るのはタブーとされた。

戦後シルクロードを歩き始めた私は、まず、この大谷探検隊に魅せられたのも確かだが、高校時代からのあこがれでもあった法顕、玄奘、鑑真、河口慧海等が厳しい求道の旅を続けた西域の跡を巡る事ができた。佛教徒でもない私ではあるが、大谷光瑞というはかり知れない未曾有の不屈の精神により実行された「大谷探検隊」を心から尊敬し、憧れてきたからでもある。彼の目的は「佛教東漸」の道を明かにするという信仰心が基盤になっている。作家陳舜臣氏は『大谷光瑞』の中で「伽藍を建てるより意義がある」と書いているが、祖師親鸞の言と伝へられる「寺一箇寺持たず候」の語を思い出させる。余談、佛教徒、前田行貫師は「佛教西漸説」を唱えられた。

大谷光瑞の寺

本尊の脇におはせしうつし絵の優しかりけり尊かりけり

Work 79

熊本

成し遂げし隊員の顔清々し去り離てぬかも碑の前

御遷化の地、鉄輪の町の公園に建つ記念碑

見そなはせ偉業の跡を偲ぶ碑は湧泉（いでゆ）の町の賑はひの中

玉名市の前田家の墓に詣る　本骨はインド・アナンニケタンに埋葬

ひさに来しみ墓に小笹つもりゐて掃き清めつゝ母上偲ぶ

玉名市の印鑰（いんにゃく）神社に参拝

いく世経し社はさびてうら寂しいにしへ偲び見るが哀しき

日本は大和朝廷以来地方諸国から中央に奉る公文書や外国の使節の貢物に押印した。中でも国府の所在地には印鑰神社が設置された。現在でも各地に存在している。因に京都では上賀茂、下鴨神社の境内には印鑰神社があり十月一日には印章の日として供養されている。シルクロード印章圏の伝統であり名残りでもある。

漱石の『草枕』の跡をを訪ねる

山道を登りながらに吾（わ）がおもふこの道ゆかな一筋の道

鹿児島

知覧に詣る　名残に見た特攻の隊員の岳

目の前に開聞岳を見つつゆく晴れ渡りゆく知覧への道

旅

篆書

夕あかね開聞岳のはたてゆく雲は流れて行方知らずも

ながらへて祈りの旅も終（つひ）となりふり返るみる一筋の雲

幼き日千人針の糸縫ひし赤の玉糸さびて哀しも

戦争中、皇国婦人会の人達が街中に立ち、道行く女性達に千人針用の白布に赤糸で玉を作り布に刺す作業をした。小学生の私も協力した。布は戦地の兵に送られた。

美しきもの満つ　地水火風空（アビラウンケン）……行書　周囲・梵字

薩摩・坊ノ津

坊ノ津の静けき入江のぞみたる丘のま上にわれは立ちたり

天平勝宝五年（七五三）唐の高僧、鑑真和上はさまざまの国難・災難・障害をのり越え、六年の歳月を経て十二月、薩摩の最南端、坊ノ津の秋目浦に到着された。坊ノ津は日本三大津の一つで中世後期を中心に対外貿易の要港として繁栄した。

遠つ世の佛の道を伝へむとはるばると来しあやに畏し

見せばやな日本（やまと）の国の坊ノ津の山の紅葉の朱のくれなゐ

あらたまの心一つに渡り来し和上の心尊かりけり
坊ノ津一乗院は十六世紀中頃、後奈良天皇により勅願寺とされた。薩摩屈指の寺院の一つだが、廃佛毀釈で廃寺となつた。跡地には歴代住持の墓が多く残されている。

天竺の菩提樹青葉繁りたるここに在(おは)しし人の恋しき

青々と葉を繁らせし菩提樹は墓護るがに掩ふあはれさ

夢魂　篆書

み返れば念願果たしし坊ノ津の夕映ゆる丘寂かなるかも

西郷隆盛　西南の役の跡を訪ねる

田原坂ひたすら祈りひた歩むこの道の辺の華もいとしき

残されし遺訓を見つゝしみじみと遺墨のあとも慕はしきかな

ひたすらに一筋の道つらぬきて薩摩の土となり給ふらむ

Work 82

沖縄

いく度かこゝに佇ちゐし首里の門空青くして赤のまぶしも

沖縄の布

芭蕉布は風と土とが育てしとふ袖に海風吹きぬけゆくも

さりげなく久米島紬渡されし形見となれり着つつ侘びしも

珊瑚　オホーツク海に臨む潟（せき）湖

一夜にて咲き極りぬサンゴ草サロマの湖を真赤に染めて

北海道

無一物……篆書

サロマ・ところ遺跡の館

いにしへの暮しの跡の展示物器のかけらもなつかしきかな

レブン島　日本最北端の島

海近く浜辺に一家寄り添ひて海膽（うに）とる暮しつつましかりき

一日の糧（かて）と告らせし言の葉のバケツにたまる量の哀れさ

いがウニの殻に盛りたるウニ甘き塩の香りの忘らえなくに

前田行貴師　アナンニケタン（安らぎの園）にて

悼み歌

ハッダの佛像

前田行貴師

群馬県の沢渡は万葉集の東歌にも載る温泉地。「病ひは草津で癒して沢渡で仕上げ」と云い傳えがあり、なめらかな湯は上り湯とも呼ばれている。七月、前田行貴師、胸骨圧迫骨折の為、当地の温泉病院へ入院。これに随って毎月二週間宿に泊り看病となる。山中のひなびた温泉。江戸時代には高野長英が逗留し、医師・学者を育て地元に貢献した土地柄。

見さくれば山なみ黒くきは立ちて霧の湧き立つ雨後の沢渡

長雨の止みしあしたの沢渡の風爽やかに田の面を渡る

つのさはふ岩間を垂るる水細くほそぼそとして蔓をわけゆく

和顔愛語

道元語　篆書

坂に明け坂に暮れゆく湯の町は道険しくて自転車も見ず

往き馴れし沢渡の坂訪ひくれば君待ち佗ぶと笑みて立たすも

わが背子の生きの証は記憶力東西歴史を語るまなざし

振り返る窓の明りの薄明かりわが帰る道ひたさびしくて

寂寥抱愁心

寂寥抱秋心

篆書

長英のゆかりの庭の片隅のいささ笹むら雪うすら積む
幕末、高野長英が沢渡の福田氏を頼つて隠れ住んだ処
葉櫻の都を立ちて沢渡のここは桜の花盛りなり
陽の入ればほの白く浮く山桜有笠山に夕星一つ
特養の施設に入所された前田行貴師を見舞う
日々に本が重たしと告げまして細くなりゆく腕かなしも

胸の上に本を開きてそのままに寝入り給へば帰り来たりぬ
インド式
食断ちて逝きたしとのたまひし思ひに堪へて帰り来にけり
病室の窓に見返る山桜わが越えて来し今日の坂道
「くねくねと泥鰌さ乍ら年明けて」の句に応える
くねくねと泥鰌の如しとのたまひて笑ひ給へり病床の君

かへし歌
平成二十七年、十月二十四日朝、前田行貫師泉下

疾く出でて田の面に泳ぎ給へかし泥鰌は春を待ち佗ぶほどに
人の世の歎き哀しみ繰り畳ね老い給ひしか君がみ姿
ことわりの会者定離は知りつれどあまりて哀し今朝の訣れは
すこしづつ言の葉尠なくなり給ふ見つつ淋しき日を重ね来ぬ

空心

篆書

落合の中井の坂の木下陰静かに柩の車は往けり
日々に唱へましける天竺のサンスクリットの経も入れけり
天竺の月のあかりをしるべにて君十三夜に往き給ひけり
面壁の達磨大師は九年にてわれは介護の修行九年

Work 86

光

篆書

月よみの光を浴びて月見草師の墓前に咲き出にけり

原種の月見草は月の出と共に白く咲き出て、日の入と共に赤くなる。
茨城万蔵院に五輪塔建立

咲き継ぎて一夜のいのち月入りて白ゆらぎつつ彩に変れり

生かされてある身と思ふ畏さに日の出を拝むデカンの山に

アナンニケタン　安らぎの園

悠久の天地のなかに我ありと生くるいのちをいとしみ思ふ

大空をきらめく南十字星遠くきつると凝視入るひととき

ねんごろに回向し給ふ上人の上を大樹の風渡るなり

前田行貴師　アナンニケタンの地に埋葬供養
恵まれぬ民の為に治療・農業・教育・宗教に盡くされた山
この地、アナンニケタンはネール首相から賜った山

凡ての現象は天の祝福である……前田行貴語　篆書

佛桑花色彩やかに咲き出でて景色を添へぬ霊棚の前

菩提樹の秀なみの揺れの懐かしき今日この許に骨を埋むる

かがまりてみ骨の上にはらはらと置く一握の土の愛しき

この山で師は虎すらも治療されしという

樹々の間をましら哀しく呼びかはす報恩謝徳の声かとも聴く

縁ある人等の写経

ひたぶるに心をこめて写経せしあまたの人の思ひも埋む

アナンニケタンへ

らうらうたる上人様のお題目樹上の鳥も和せるが如し

インドには雨季・乾季あり

耳づたふ音もさやかに雨季あけの細き流れに小川生れぬ

小川にて拾ひし小さき烏帽子岩み墓の横にそと寄り添ひ置きぬ

Work 88

行業不滅

ほろほろと山鳥啼きぬ亡き人の眠りてゐますみ墓の上を
マントラはデカンの山にこだまして遙かあの世の君に届かむ
この山のいづくに君の在すやと佇み仰ぐ頂遠し

行業不滅

篆書

前田行貴師が朝夕に唱えられたお祈り（マントラ）
サンスクリット語・地水火空風と般若心経最後の文

アーウーンアビラフンカンスパハアー
ガティ　ガティ　パーラガティ
パラサンガティ　ボディ　スパハァー

病いの人に医療を、貧しい人には教育を、また農業を教え四十五年の歳月は、その身が亡びても、貧しい人に盡くした「グルジー前田」と今もなお、原住民に慕われ、大和の国の誇りである。長い間暮したこの土地に埋葬された師、そのお墓を拝む。

殿木春洋師

一月十三日、春洋先生、道にて御逝去　泉岳寺墓地

こゝよりは沖も見えしとその昔師ののたまひし奥津城どころ

蛇皮線の杖をみ供に冥府(たび)発ちし氷雨の朝の多摩の細道

唇の端に朱のこりたる六朝の小俑も入れ柩とずるも

大葉子のふる領布細くなびかせて描きし人のなどかゐまさぬ

炫火

篆書

保田與重郎師

書き反古の中にひとときは墨薄きみ顔ありけり救世のみ佛

日々に美しきもの見よとのたまひし心に持ちてこの日過さむ

茫々三十三年　保田與重郎師を偲ぶ

大いなる御師の上らせ給ひたる三十三年の空澄み渡たる

十月四日御逝去

師の君の愛でさせ給ひし松が枝の松の翠は色の変らず

門前(かどさき)に彼方を遠く見つめらるみ姿哀しかくは在(いま)しし

うつし絵を拝して

魂太る人となれかしのみ教へを心に持ちて香たてまつる

ひかり合ふ胡粉の白も澄みてきつなつかしみ見る「相安相忘」

昔、先生の書を二枚の古材に彫り、富山縣護國神社百年祭に奉納した

欝蒼と樹々の繁れるいにしへの坂道偲び寂しかりけり

身余堂への道、次々と樹々が伐採された

離愁似夢迢迢淡……漱石漢詩　篆書

謙慎書道会展　梅花賞受賞

しぐれ歌

—泊瀬谷時雨ふるらしかへり見るこのゆふ映えのことにうつくし—保田與重郎

差し上げた紅花、紙に書かれた保田與重郎師のお歌、やさしく華麗なる字である

斯くまでの美し歌なるしぐれ歌いのちの限り唱はざらめや

—雑賀岬夏旺んなる海原の風にゆだねし汝(なれ)が黒髪—保田與重郎

紀の国の夏河のみ歌しみじみと見つつし哀し師はいまさずて

大らかな「自然」の文字にま向かひて神ながらなる師(きみ)を偲べり

壽　花喰い鳥

篆書　木版

極道の限り盡くせとのたまひし遊戯三昧の書ただになつかし

今東光氏曰く、「極道とは道を極める事也」と

小雨降る身余堂へと歩む坂師の歩まれし道のこほしき

道友（とも）あまた集ひ来りて爽かに碑の前に祝事（よごと）交はすも

大和桜井・保田家前に生誕百年の碑建立

あらたしき歌の書（ふみ）持ちわれらいま歌碑（かひ）のみもとに集ふかしこさ

師の教へこころに持ちて生きゆかむ秋深みゆく碑（いしぶみ）の前

碑（ひ）の前に佇てば今しも師の笑顔在ますがごとく浮かぶ哀しゑ

保田家の墓に詣る。節様、足立氏、補陀氏、加藤諸氏と共に

とみ山の麓に眠らす奥津城にしぐれ降りきて夕ぐれむとす

み墓辺の地に匍ふごとく伏し拝む君が背（せな）にもしぐれ降るなり

露凝千片玉菊散一叢金

篆書

涙とも雨とも知れずみ墓辺に秋のしぐれは降り止まずなり

個展「保田與重郎の書を彫る」
世に在さば如何のらさむ師の君の十三点の彫りを掲げり

典子夫人
杖つきておもひがけずも参られし華やぐ声の尊とかりけり

保田與重郎師の書、「遊びをせむとて生れけむ」
いねがてにわが裡に棲む人の声遊べ遊べと囁けるかも

身余堂の門を入ったところにある石臼のひつじ草を偲んで
ひつそりと主いまさぬかの庭に花はしづかに咲きつつあらむ

年々に齢重ねてみ祭りに侍る心の深まりゆくも

京都御所
ぬかづけば我がこころにも素直なるさが萌すらし今朝のみ社

新しき年響かせる鐘の音に国の栄えをひた祈るなり

坂田進一師

富士が嶺は国の鎮めとのたまひし言の葉偲ぶ新としの朝

生誕百年を祝う会・自然の道、平成二十二年五月二十二日

先生の生誕百年祝ふ会み魂はここにおはしますらむ

残されし玉堂「琴譜」も古りまさり見つつ哀しゐる君が琴の音

九十嫗の指

老いたれば琴ひく指もまゝならず片手にて弾く音のあはれさ

琴遊　篆書

心越（しんゑつ）と玉堂愛しと弾く琴は遙かとなりて人の恋しき

心越禅師は中国浙江省生（崇禎十二年）。明清争乱により長崎へ。宇治萬福寺を経て江戸より水戸へ、光圀により祇園寺を建立された。儒者であり、書、画、篆刻、七絃琴の名手。元禄八年示寂。浦上玉堂は画家、七絃琴を愛し自らも琴を作成した。七絃琴は鎌倉時代途絶えたが、心越禅師により再び伝えられ、江戸時代玉堂によって現代に伝えられている。我師の坂田師は心越禅師と浦上玉堂の研究家並びに琴士である。寺島蔵人邸にて

日の本の文字を習ふは日の本の心学ぶとのたまひにけり

近江観峯館にて

保田典子刀自

黄檗に大刀自様を見舞う

み手かざし語り給ひぬ風日の行末のこと熱く激しく

出口直刀自、自ら糸を紡ぎ織られたつむぎにして典子奥様から頂載したもの

わが袖にふれてしみじみ申されし「また着てくれたのネ」とにこやかに

右手にて握り給ひしおんみ手の強きに安く夕坂下る

たづね来し黄檗山の春がすみ峰にも尾にもさくら花さく

身余堂　保田與重郎邸印……篆書

病室の窓より見ゆる桜花ここも楽しと大刀自のらす

黄檗の秋

すぎゆきの奇しき縁のおもはれて黄檗の坂つつしみ登る

ながらへて百年祭のはれの日を迎へたしとて笑まひ給ひぬ

花の頃、黄檗へお見舞に

ここからは花も見えるとのたまひてつと立ちませり窓をあけむと

「左手は動かないのよ」と笑まひつゝ恥らひいとし大刀自の君
枕辺の志功の色紙あざやける色をはなちて病室（へや）の明るき
にこやかに利手（きゝて）しきりに振り給ふ別れの時の寂しさまさる
百寿を重ねし年のめでたさも哀しみ越えし日々の尊く

生以楽手　詩経　篆書

補陀瑞蓮尼

白玉の君が肌への常若（とこわか）のさやけく在まし尊かりけり
風日の歌垣守りて鶴寿に在すああわが典子刀自ただにかしこし
十月四日逝去
炫火忌のその日の朝逝きまししみいのちの際におもはれしは何
藤白の有間皇子を尋ねたる若かりしかな君もわが身も

Work 96

栢木喜一大人

西沢光義氏

守山祐弘氏

かにかくに和歌の浦廻(み)の恋しかり師の君語り夜を更かしけり

母君も共にいましし夕餉膳紀の国和歌山今は懐し

奈良・高家(たいえ)栢木邸

師の君のしのぶよすがの碑(いしぶみ)の文字いとしみて見やる大人かな

「ここに来よ」と書斎の窓より指(さ)しませし大和国原望む絶景

虹

古文　篆書

師を語る大人が顔(かんばせ)上気してかん高き声いまになつかし

納戸町は新宿の古い町。風日歌会にも参会された医師西沢光義氏・連句会を主催

亡き人のみ葬り終へて帰るさの納戸の町の冬の三日月

東京板橋の常楽院の住職、守山祐弘氏、大和長谷寺自坊にて二月末遷化。五十八歳

本堂のみ前に手植ゑの花一樹今を盛るを見ませこの花

天上の君に届けと仰ぐなり君が手植ゑの花の高きを

真鍋呉夫師

胸元にそつと置かれし伽羅一片君が賞でにし香りたつなり

印材も筆硯朱肉篆刻の道具くさぐさ柩とぢけり

さき誇る桜の花もあでやかにみ魂祭りの春となりたり

しのぶ会　真鍋呉夫師

言交へば寂しからまし写し絵にただひたすらに頭さげけり

片々是残紅　……　篆書

ある時の会話　句集『雪女』出版

雪女まこと彼の地に在（いま）しとふ時折逢ひにゆくと大人云ふ

檀一雄生誕百年記念出版　真鍋呉夫著

長年の夢果たされて残されし『天馬漂泊』光り輝く

髙島賢司氏

風日歌会

胸をすく辛口批評ものこされし大人がまされぬ歌会さびしく

足立一夫氏

福知山・法用にて　足立一夫氏宅

師の君のうた部屋ぬちに満ち満ちて山の住まひの豊かなるかも

山川京子氏

齋藤家

蔡焜燦大人

大慈

篆書

夏草は燃えに燃えつつ山峡を車馳せをり法用への道

山川京子氏墓参

天王平とふ松の林に囲まれて君がおくつき清らかに建つ

山川は不老と彫りし印見つつ渡せざるまま時過ぎにけり

郡上八幡・齋藤美術館　館主尚子女若くして逝去

水琴窟きこし召されと宣ひし耳のしぐさも今はかなしき

その人の母ぎみ齢重ねて長床にあり　柩に入れた経

病みつつもあしたゆふべに写経さる母の祈りの十巻の経

八幡の宗祇の水は変らずに流れ流れて往きてやまずも

台湾・蔡焜燦大人主催の歌会五十周年を祝して二首

寿の言葉贈らむ異国(とつくに)の言霊の道続け給ひし

五十年を続け給ひし言霊の道やかしこし尊とかりけり

吉村正氏

姉

その昔、わが京のマンションに泊られて

ぬばたまの夜を徹して語らひぬわが師わが友遙かなりけり

唯一の姉、七月末、山形へ墓参の帰路、車の事故にて逝く。七十八歳

草枕旅の終りは月山の麓となりぬ行く雲あはれ

いまはの眼にうつりしものか鳥海の山美しとのらしけるはや

往くものは逝きて還らず山峡の流れはひたに流るるばかり

諸行無常　是生滅法

篆書

瀬戸の小島に姉の納骨にゆきて

暖かき立冬なりき瀬戸の海波立たずして弓削島へ向く

草かげの昼顔の蔓はかなげに薄に纏はる秋の哀れさ

大場キミ氏

紅染作家

染め色は映えあらたしく色なしても中に冴えし紅絹(もみ)の赫さよ

布染めて人の心も染めあげて華やぎの紅燃えに燃えけり

宝在心……篆書

悼

高円宮殿下

豊かなる話題もたれてにこやかに語らせ給ひぬ能宴のあと

香淳皇后様の桃苑印は二世蘭台師作

寄り添ひの妃殿下もまた話し下されし皇后様の印のことなど

村上益夫氏

風日歌人

掌を執りて宇多野の夜道導きし人のこころもいまはさびしき

師を慕ひ師との縁をみ宝に逝きまし丶君やすらけく

保田悠紀雄氏

中村天風の信者

天風(てんぷう)を敬ひ給ひしことわりを一夜をかけて語らひたきに

突然に訪ねるも

たちまちに作れる焼飯(チャーハン)「いけるでしょ」かの日の笑顔今に顕ちくも

緒方親氏

慰めむすべ知らなくに母君のみ声を聴けば哭かざらめやも

住まわれた山科の庵を偲ぶ

落柿舎の庵に坐して笑まふ君時の久しくなりにけるはや

吉野

河井寛次郎氏

陶工の生きざま残る屋形あり日々を尊く生きましにけり

黒田杏子氏

女史逝く　昨年頃より病にて

つとにして君が訃をきく高輪に花のきざしの宵の寂しさ

杏子講演

華やげるインドの布の作務衣きて声すずやかに演壇に佇つ

金子兜太氏

杏子の師、金子兜太氏より東京新聞の「平和の句」選者を継ぐ

より添ひて世界にはばたく「平和の句」教へましたる人の尊き

蓋棺事定

篆書

祖母

育ての親なる祖母八十歳にして往生

遠き日に春をも待たで年の暮枯るるが如く往きたまひたり

父

たまゆらの露一時をあそばせて蓮の上の玉光り落つ

ことわりの生者必滅會者定離知れども哀し人の儚なさ

わが庭に櫨の紅葉の散るさまのうつつにみゆれ父は病み臥す

待たれると思ひの急ぐ道の上に雪降りいでし小豆沢の町

西行歌芭蕉の句集の二つながら抱かせまつりて柩とぢたり

櫻花散り敷く中を柩ゆきなほ降りかかる花のくれなゐ

わが父といのち刻みしにちにちを樹々は語らむ庭過ぐる風

お蔭さま（メハルバニー）……花喰い鳥とサンスクリット語　デーヴァーナーガリー文字

憑りしろの寄り添ふ花のみ吉野へ訪ねゆかまし春まちがてに

想ふとて還らざるなり人逝きて夕ぐれ深しさくら散る山

還り来む世にしありせば月も見む花も見ませと言はましものを

問はましを瀬戸の小島のふるさとへかへりゆきますみ骨小さき

雑

悲願

篆書

短冊に書かれし文字の優しくて添ひてかなしもわが彫りし印

わが父の鑿（のみ）の手ずれの跡ありていとしみ手ふるわれなくもがな

屋敷移転
父亡き後、植木は友人の庭に移植す

わが父と共に植ゑたる繁る樹々剪られゆくなり庭の淋しも

侘助椿・紅葉・金木犀等々

掘り上げし樹の根いたはる薦包み縄掛け廻す模様美（うま）しき

移されし樹々よ彼の地に栄えあれわれはも祈るま幸くとこそ

個展二十余年

やうやくにこの日迎へぬ在るがままただ一筋にこの道を来て

意氣込みて作品（もの）造り来し年月の老いづく吾と知りて寂しき

遠つより来たりし友と一時の卓を囲めば笑みのこぼれつ

Work 104

日々之楽　篆書

かにかくに個展を終へてふり返るあまたの人の助け嬉しき

一万が勝負と仰せらた保田與重郎師

一万の刻印すでに越したれど師ののたまひし道なほ遠し

印影を楽しみとして携り九十年の遙かなるかも

過去・現在・未来と三本の線香を立てる　『印章の道』刊行を終えて

双手もて本の重さを確むるわが為し遂げし生涯の一つ

漸くケースに収ったシルクロードの印章

わが一生かけて蒐めし印章はケースの中に静まりて居り

わが眼に見わが足にして此処に佇つ思ひ切なるひたぶるの旅

わが旅の終りはいつと知らぬ道辿り辿りてわれはゆくなり

一つづつ手に取り見ればあざやかにシルクロードの旅よみがへる

夕陽無限好
篆書

シルクロードを偲ぶ

アフガンの瞳やさしきかの翁夜更けに偲べばありありとして

ヨルダン川を望むモーゼの丘でカメラのシャッターをきる

シャッターの音珍らしと見つめゐし少年の瞳も思ひ出さるる

八月中旬、神戸にてシルクロードの印章について舞子ヴィラにて講演を行う

暑き日をあまたの友らつどひ来てここに篆刻の講座を開く

印章の歴史を画面に写しつつ争ひの国思へば悲し

数々の手ふれしハンのいとしくて古代語れば夢ごこちなる

『印章の道』茫々と遙か来しわが半生を埋まむ足跡

『印章の道』は玉瑛著

久々に展示をすればそれぞれの素朴な民の顔浮ぶなり

展覧会　謙慎書道展出品・昔日を偲ぶ

しらしらと夜は明けそめて八尺の全紙に書ける古文の篆書

鐘鼎文全紙四枚を出品、仕上げ迄に全紙二反を費す。鐘鼎文とは銅器に彫られた古い文字のこと

Work 106

吾以外皆教師……吉川英治語　篆書

篆書てふ沓(はる)けき古文字に憧れし若かりし日の夢懐しも

四月、神戸にて四媛展開催

四媛のひとりと云ふもわればかり媛にはあらね媼なりけり

屏風に押された印。瓦當は中国の瓦、型は数種あり。散りばふ印は坂本舜華女史作景教印

さまざまの瓦當押したるそのあはひ散りばふ印の華やかな赤

有馬温泉・無文老師の書

玄関を入れば大書の「雪月花」まるき文字なる老師なつかし

有馬温泉　梅舒適氏書

「喫茶去」の「去」の字は左に傾きておどろなるさまおかしかりけり

成田山美術館にて　河野隆遺作展・古稀またず旅立ちし

方寸の世界に宇宙盛り込むと常いひし人忘れざらめや

銀座鳩居堂個展来訪

欠かすなくいでまし賜ひ長身の躰かがめて署名さる大人

銀座鳩居堂個展来訪

中東をくまなく旅をされし大人メソポタミアの会話はづめり

河野隆氏
伊吹文明氏
出光昭介氏

飛華落葉

篆書

蒐集のわが印章を愛で賜ひ話はづむや西域の旅

鳩居堂個展　個展会場の為に友人箱根の別荘より届けらる
大壷は玉瑛作

大壷に差す沙羅の枝青々と搖るゝを見つゝ箱根路偲ぶ

賜りし大山蓮華花たもつ一日であれと願ふわれかも

石に木に文字を彫りつゝひと世過ぐ生(いのち)の限り彫りつゝあらむ

お互ひにいのち労り生きよとて別れし人の手の暖かき

靖國神社　聖徳太子「以和為貴」。靖國神社のみたま祭りに

参道の玉砂利の音かしこみて歩めばぼんぼりわが奉る書

少年特攻兵

特攻の君もますらむ靖國のやしろの上に白雲流る

茅の舎の夕餉の別れおもかげに顕(た)ちてかなしゑわれは歳古る

慈雲尊者遠忌に

日々に間なく暇なくわがくらし袈裟縫ふ時を与へられけり

この袈裟を召しますおん僧しのびつつ一期一会の針運ぶなり

塵芥はらひてたたむこの袈裟に己が心の塵もはらはな

慈雲尊者

文字書くを佛の行とのたまひし尊者の筆の清しかりけり

お蔭さま（チャン・マ・バーセ）……花喰い鳥とビルマ文字

わがいのち削るがごとく文字きざむ刀しらしらと冴えわたるなり

ふと胸を突かむばかりの刀の冴え妖しきまでに線彫りてゆく

キリキリと鑿押し立てゝ彫るさまは己が心をきざむに似たり

父の遺愛の砥石

砥ぐ石の水のも中に光る青なめらかにして砥ぎすゝめゆく

無思無慮其楽陶々 …… 篆書

北村西望、百四歳で逝去
百歳の翁の文字の筆の跡力貫ひて彫るは「喫茶去」
喫の字の右足拂ひのたくましさ蹴上ぐる線は龍に似しかも
これの世に老いてなほ彫る木板をいとしみ手ふる堅き欅を

仙厓の○△□を彫る
仙厓の「これ食ふて茶のめ」の円相図絵に描く餅はて如何ならむ

老いぬれば時こそいのちと朝夕に口ずさみつつ印彫るわれは
ひと筋につながる道の遙かなり歌も俳句も書も篆刻も

鹿龍庵アトリエにて作陶・円筒印
ころころと美し白土にころがせばあらはれ出づる印章(はん)のいとほし

近藤髙弘氏、花背に登り窯建立を祝して
ことほぎの祝詞清けく初夏の花背の山にわたりゆくなり

汝自身を知れ……花喰い鳥とギリシャ文字

原種月見草

ことしまた月夜に咲ける月見草揺れてたゆたふわが思ひかな

原種月見草は月の出を待つて咲く四弁の珍しい花。月傾き落ちると共に花はピンクの色に変わる

しづしづと月の光にさそはれて咲き出づる花白の清しさ

限りなく薄き花びらふるへつつ今開くなり原種月見草

はかなくて斯くも美し清々し一期一会と花につぶやく

半纏木は俗称。葉が職人のハンテンに似ているのでこの名がある。北米産、モクレン科、ユリノキ属。大正天皇御成婚の折、表慶館が建立され、その前庭にこの樹を植樹された。花はチューリップの形をし、美しい黄緑色をして下向きに咲く。梅雨の頃、盛りとなる。

雨上り半纏(はんてん)木の花一つ名残りに咲けりゆふべ寂しも

数年振りに東京国立博物館に来て、大樹の名残りの花に逢う

花盛り共に仰ぎし人往きて名残りの花の下にたたずむ

旅愁

雅びとて世俗とて恋ひわが旅は風に吹かれてゆくばかりなり

わが想ひ凝りて流れて絹の道印章の道訪ぬるばかり

空も雲も花も草木も光りつつ移ろふものと知りて華やぐ

昆崙の麓(もと)に拾ひしはだれ石棚に置きたる石にもの云ふ

方丈の室を満して余りあるわが来し方の旅をおもふも

一期一会　篆書

花喰い鳥

双鳥の花喰ひ鳥を木版に彫りつつ夢は西域にあり

駆け巡りしシルクロードの日々をいまにし思へば恋しかりける

イラン人より依頼の作品

ペルシャ文字板に彫りつつテヘランの町を思ひてひたに文字彫る

回想ペルシャ

町はづれ翁が手招く店に入り壁に下りし古布見つけぬ

菩提樹葉　真・善・美（サッチャー・プレーム・スウンダル）………サンスクリット語　デーヴァーナーガリー文字

ここにしてインド更紗を見出しぬ花喰ひ鳥に眼凝らしき

誰が織りし極細木綿しなやかに色褪せもせずあな鮮らけし

帰り来て古布はわが著の装丁に表も裏もひたに華やぐ

身を包む帯ともなりぬこの更紗夜な夜な誘ふペルシャへの道

とほき日に遠くイランを尋ねけりペルセポリスはいや遠かりき

わが眼に見わが足にして此処に佇つ思ひ切なるひたぶるの旅

ひたすらに心急かれて編みし歌九十余年のわれの足跡

カイバル峠

あとがき

ここ数年の間にあの人かの人と次々世を去られた。九十三歳にもなろうといふ嫗の日々は何とも寂しい限りである。

シルクロードを歩き始めてはや半世紀余、旅先での記録にと読み溜めた歌屑はどの位にならうか。何千首の中から今回取敢へず千首を選んだ。この歌と同時に篆刻家でもある私に歌と篆刻のコラボをと薦められたのは装幀の吉川陽久氏である。長年篆刻に携わってきた私としては嬉しい限りである。

私にとって文字は人に己の意思を伝へるものであると思ってゐる。従って私は篆刻といふ形で私の好む漢字やはては外国語をも彫り続けてゐるが、文字を通して己の心を伝える作品でありたい、そして出来得れば読める字でと思ふし、もっと欲を云えば見た人が美しいと感じてくれたらなどと思ってゐる。

歌の大方は旅行記で日本のみか世界の博物館、美術館、遺跡を訪ねつつ私が篆刻家であったが故にやがてシルクロードの印章の研究にまで至った。

旅先で見た小さな印は、その作り手も解らぬまま幾千年の古代の人たちの暮らしのいとなみをさまざまな形の中に表現し残した。少々大袈裟だが、この物言はぬ小さな美しい印に魅せられ旅を続けたと云っても過言ではない。

この長い遍歴の果てに歌も生まれたが、歳を経るに従ひ鎮魂、祈りの旅となった。「神様が喜ぶ歌をつくるやうに」とは故保田與重郎師のお教へだが、何とも心もとない千首である。

篆刻も歌も世に得難き師匠に恵まれた。これこそ人生の「宝」とひたすら感謝である。

思ひ返せば昨今世界中争ひが絶えないが、私が旅した始めの頃、中近東の国々は未だ平和だった。数年を経た頃には、はや戦のきざしも見え隠れし、戒厳令の中を旅する状態であった。このやうな時でも貧しい暮らしの中で旅人にランチをふるまふ片田舎の民族もゐた。アフガニスタン北部で百歳だと云ふお婆さんがブドウ棚の下で「これ喰べなさい」と差出す掌、「美味しいでせう」忘れられぬ光景である。その後始まった争ひの中であの家族は無事に暮らしてゐるのだらうか、切ない想ひがつのる。

大分前に序文を頂いた中野清韻大人が本年三月、百歳にて逝去された。昨夏お会いした折、「早うせんと百歳になるや」の仰せの声が耳に悲しく残る。慙愧の念で一杯である。み魂に捧げる歌となった。

中野清韻大人に賜りし絵に
描かれし良寛の絵しみじみと見つつしあればうたたかなしき

乱雑な私の字を活字にしてくれた原田貴俊氏、ご多忙の中、ご寄稿頂いた「風日」主幹の酒井隆之氏、遠路度々上洛の労を頂いた装幀の吉川陽久氏、レイアウトの稲本雅俊氏、写真のご協力をいただいた内海弘嗣氏、山田圭子氏、出版社・光村推古書院の合田有作氏等の方々に厚く御礼申し上げます。

齢ふりて身のさち思ふここにして終(つい)の遊びの小さき歌巻(うたまき)

高輪・暮心庵にて　玉瑛

小田玉瑛　近影

小田玉瑛プロフィール

履歴・学歴

昭和 七 年（一九三二）一月二日　東京　駒込生
昭和一四年（一九三九）滝野川第七小学校卒業
昭和一六年（一九四一）愛媛県弓削尋常高等小学校卒業（疎開）
昭和二七年（一九五二）女子聖学院中学・高等学校卒業
昭和三二年（一九五七）東洋大学文学部国文科卒業
昭和四三年（一九六八）東洋大学大学院文学研究科修士課程卒業
昭和四六年（一九七一）東洋大学大学院文学研究科博士課程修得

展覧会

昭和二五年（一九五〇）謙慎書道会（軸装出品）
昭和三六年（一九六一）謙慎書道会　謙慎賞
昭和三七年（一九六二）謙慎書道会　謙慎賞　理事
昭和三六年（一九六一）毎日書道展　篆刻　秀作賞
昭和三六年（一九六一）毎日書道展　刻字部　秀作賞
昭和三六年（一九六一）謙慎書道会　篆刻　梅花賞
昭和三四年（一九五九）日本芸術院　入選
昭和四九年（一九七四）日本芸術院　会友
平成 五 年（一九八九）国際芸術書芸賞　日本文化振興会

左から胡蘭成氏、玉瑛、義仲寺住職
昭和 53 年個展にて

昭和 42 年頃

昭和 36 年　毎日書道展にて

講演会

昭和四九年（一九七四）　美しく老いる為に　静岡三島大社・報徳会
昭和五〇年（一九七五）　美しく老いる為に　小田原城内報徳会
昭和六〇年（一九八五）　シルクロードの旅　聖学院高校ＰＴＡ
平成二一年（二〇〇九）　シルクロードと茶の道　淡路島園芸大学
平成二二年（二〇一〇）　シルクロードの印章・日本篆刻家協会中央研究会
　　　　　　　　　　　　シーサイドホテル舞子ヴィラ
平成二八年（二〇一六）　鈴木大拙について　鈴木大拙五十回忌　東慶寺

師匠歴

昭和二六年（一九五一）　殿木春洋先生　書・篆刻
昭和三三年（一九五八）　二世中村蘭台先生　篆刻
昭和四〇年（一九六三）　名和三幹竹先生　俳句
昭和四三年（一九六八）　真鍋呉夫先生　俳句・連句
昭和四六年（一九七一）　保田與重郎先生　和歌
昭和五〇年（一九七五）　高山泰岳先生　陶芸
昭和五七年（一九八二）　早川幾忠先生　日本画
昭和五七年（一九八二）　高山楳堂先生　香道・志野流
昭和四三年（一九七八）　芦川蘆舟先生　煎茶・玉川流
平成三〇年（二〇一八）　坂田進一先生　古琴

保田與十郎師

二世中村蘭台師

殿木春洋師

職歴

昭和二七年（一九五二）　女子聖学院五十年史編纂助手
昭和二七年（一九五二）　鎌倉・円覚寺正伝庵住　古田紹欽先生助手
昭和三三年（一九五八）　鎌倉・松ケ岡文庫　鈴木大拙先生助手
昭和四二年（一九六七）　東洋大学八十年史編纂委員
昭和五〇～五二年（一九七五～七七）　二宮尊徳報徳会・月刊「大地」編集長
昭和三五年（一九六〇）　唐本・景徳伝燈録・目次制作・自家版・文庫蔵
昭和三九年（一九六四）　鈴木大拙著『妙好人、浅原才市を読み解く』編集助手
昭和四一年（一九六六）　『鈴木大拙全集』四十巻　編集助手
昭和三八～六三年（一九六三～八八）　聖学院中学高校　書道講師
昭和四二年（一九六七）　女子聖学院書道講師
昭和五四年（一九七九）　目白学園短期大学文学部・文学講師
平成二～二一年（一九九〇～二〇〇九）　真言宗豊山派常楽院書道師範

個展・他

昭和五三年（一九七八）　小田玉瑛篆刻展　粟津ニューギャラリー
昭和五四年（一九七九）　個展　山形大沼デパート
昭和五七年（一九八二）　刻字・小田玉瑛展　銀座松屋アートギャラリー
昭和五八年（一九八三）　個展　銀座鳩居堂画廊
昭和五九年（一九八四）　個展　ギャラリーやまと（奈良）

昭和 40 年代　北村西望氏と氏のアトリエにて

昭和 30 年代　左から玉瑛、妙心寺管長・古川大航老師、鈴木大拙先生

昭和 30 年代　北鎌倉・東慶寺山頂松ヶ岡文庫にて　左から春秋社・葛生氏、秋月龍珉氏、鈴木大拙先生、乙訓氏、一人おいて、玉瑛（右端）。

昭和六〇年（一九八五）　個展　シルクロードの文字を彫る　銀座鳩居堂画廊

昭和六一年（一九八六）　個展　石・木・土・ガラスに文字を彫る　ギャラリーやまと

平成元年（一九八九）　インド・ブッダガヤ佛足石拓本展　ギャラリー賛（京都・河原町）

平成元年（一九八九）　個展　彫る　銀座鳩居堂画廊

平成三年（一九九一）　個展　シルクロードの文字を彫る（併設印章展示）
銀座鳩居堂画廊

平成四年（一九九二）　個展　川端文学を彫る　没後二十年　銀座鳩居堂画廊

平成五年（一九九三）　個展　（併設印章展市）　銀座鳩居堂画廊

平成七年（一九九五）　個展　祈りの文字を彫る　銀座鳩居堂画廊

平成八年（一九九六）　小品展　茶房・昴娃

平成九年（一九九七）　個展　牛歩展　銀座鳩居堂画廊

平成一一年（一九九九）　個展　妙緑の書を彫る　川端康成他八名　銀座鳩居堂画廊

平成一三年（二〇〇一）　個展　保田與重郎の書を彫る　銀座鳩居堂画廊

平成一五年（二〇〇三）　第一回　書塾遊々展　五味会共催　銀座鳩居堂画廊

平成一七年（二〇〇五）　第二回　書塾遊々展　五味会共催　銀座鳩居堂画廊

平成一九年（二〇〇七）　第三回　書塾遊々展　五味会共催　銀座鳩居堂画廊

平成一九年（二〇〇七）　小田玉瑛小品展　柴又帝釈天・忘我亭

平成二一年（二〇〇九）　個展　五味会共催　銀座鳩居堂画廊

平成二三年（二〇一一）　個展　五味会共催　銀座鳩居堂画廊

平成二五年（二〇一三）　個展　五味会共催　銀座鳩居堂画廊

平成二七年（二〇一五）　個展　法句経を彫る　五味会共催　銀座鳩居堂画廊

昭和 40 年代
父と銀座鳩居堂画廊にて

令和 2 年　中里隆氏と
景徳鎮にて八十八の媼と八十四の翁

平成二九年（二〇一七）　個展　五味会共催　銀座鳩居堂画廊
令和　元　年（二〇一九）　個展　龍寿を彫る　五味会共催　銀座鳩居堂画廊
令和　元　年（二〇一九）　篆刻家・小田玉瑛の世界展　京都文化博物館
令和　三　年（二〇二一）　小田玉瑛卒寿の仕事展　銀座鳩居堂画廊
令和　三　年（二〇二一）　小田玉瑛小品展　京都文化博物館
令和　五　年（二〇二三）　四媛展　兵庫県民アートギャラリー

著書

昭和五六年（一九八一）　小田玉瑛印譜集　全三巻　光琳社
昭和六三年（一九八八）　シルクロードの印章　光琳社
平成　二　年（一九九〇）　インド曼荼羅
平成一一年（一九九九）　文庫版　シルクロードの印章
平成二四年（二〇一二）　印章の道
平成二九年（二〇一七）　遊刻八十年
平成　四　年（一九九二）　冊子本　川端文学を彫る一、　篆刻家小田玉瑛を語る
平成二九年（二〇一七）　冊子本　川端文学を彫る二、　篆刻家小田玉瑛を語る

編集助手

インド佛跡巡禮　前田行貴著　蓮河舎刊、他多数企画編集

ルンビニーにて
前田行貴師の植えた無憂樹に初めて
花が咲く

平成７年　小倉遊亀氏のアトリエにて
百歳のお祝いに印を謹呈す
左から玉瑛、小倉遊亀氏、東慶寺・井上禅定
老師

昭和57年　板橋・自宅の庭にて

作品リスト

篆刻家　小田玉瑛自選歌集

遙けき岸ゆ

令和六年　十月十一日　初版一刷発行
著者　小田玉瑛
装幀　吉川陽久
発行　カルチュア・コンビニエンス・クラブ株式会社
　　　光村推古書院書籍編集部
発売　光村推古書院株式会社
　　　六〇四－八〇〇六
　　　京都市中京区河原町通三条上ル　下丸屋町四〇七－二
　　　ルート河原町ビル五階
印刷・製本　シナノパブリッシングプレス株式会社

ISBN 978-4-8381-0626-4

◆写真提供
内海弘嗣　20－21頁、124－125頁、170－171頁、184－185頁
遠藤　純　2頁、9頁、116頁、
吉川陽久　30－31頁
そのほかは著者提供による

◆協力
吉田和夫（株式会社サンエムカラー）
江見郁子

◆スタッフ
制　　作　山田圭子（スタジオ風祭）
レイアウト　稲本雅俊（スタジオDd）
編　　集　合田有作（光村推古書院）
印刷進行　小島勝志（シナノパブリッシングプレス）